NO ÂNGULO DOS MUNDOS POSSÍVEIS

ANNE CAUQUELIN

NO ÂNGULO DOS MUNDOS POSSÍVEIS

Tradução
DOROTHÉE DE BRUCHARD

martins fontes
selo martins

© 2011 Martins Editora Livraria Ltda., São Paulo, para a presente edição.
© 2010 Anne Cauquelin.
© Presses Universitaires de France.

Esta obra foi originalmente publicada em francês sob o título
À l'angle des mondes possibles por Anne Cauquelin.

Publisher	*Evandro Mendonça Martins Fontes*
Coordenação editorial	*Vanessa Faleck*
Produção editorial	*Danielle Benfica*
Preparação	*José Muniz Jr.*
	Julio A. Macedo Jr.
Revisão	*Denise Roberti Camargo*
	Junia Kelle Teles
	Paula Passarelli

Dados Internacionais de Catalogação na Publicação (CIP)
(Câmara Brasileira do Livro, SP, Brasil)

Cauquelin, Anne
  No ângulo dos mundos possíveis / Anne Cauquelin ;
[tradução Dorothée de Bruchard]. – São Paulo : Martins
Fontes – selo Martins , 2011. – (Coleção Todas as artes)

  Título original: À l'angle des mondes possibles.
  ISBN 978-85-8063-031-2

  1. Cosmologia – Filosofia 2. Ensaios filosóficos
3. Ontologia 4. Pluralidade dos mundos I. Títulos

Índice para catálogo sistemático:
1. Mundos possíveis : Antologia : Filosofia

Todos os direitos desta edição reservados à
Martins Editora Livraria Ltda.
Av. Dr. Arnaldo, 2076
01255-000 São Paulo SP Brasil
Tel. (11) 3116 0000
info@martinseditora.com.br
www.martinsmartinsfontes.com.br

SUMÁRIO

Preâmbulo 9

PRIMEIRA PARTE
SOBRE UMA EXISTÊNCIA DOS MUNDOS 19

CAPÍTULO 1 – O modelo aristotélico 25
    Uns céus, um mundo: nossa condição sublunar 25
    Um esquema cosmológico 27
    Argumentos para um mundo único 28
    A Terra 30
    O lugar natural 35
    Outras versões 40

CAPÍTULO 2 – O estilhaçamento do mundo 45
    Alguns passos no infinito:
    Um espaço para o inumerável 45
    O vácuo infinito como condição do universo infinito 47
    O vínculo em vez do lugar 48
    Passagem ao especulativo 50

CAPÍTULO 3 – O universo dos mundos possíveis 55
    A infinidade dos mundos 56
    Existência virtual 59
    Mônadas 61

Onde voltamos ao mundo único 64
Um mundo único, mas a fábula 67
A ficção, instrumento dos possíveis 69
Uma ciência das percepções confusas: a estética 72

SEGUNDA PARTE

ARTE E MUNDOS ALTERNOS 77

CAPÍTULO 1 – Do mundo 'real' ao mundo da arte 83
   Uma fenomenologia 85
   Mundo e representações de mundo 87
   A circunstância da arte 90
   O Aberto, a abertura 95
   O aberto profundo e vertical 95
   O aberto em extensão 99
   Horizonte e transcendência, versão fenomenológica .. 103
   Ambivalência do horizonte 104
   Atrás do horizonte? 105
   Primeira versão: o além enquanto espiritualidade 107
   Segunda versão: o além enquanto senso comum 109
   Terceira versão: o além enquanto condição 110
   O além enquanto negação da identidade 112

CAPÍTULO 2 – Os possíveis considerados
como uma das belas-artes 119
   Da alografia à transcendência 129
   Onde intervêm os mundos possíveis 136
   Emma Bovary e as palmilhas da Gioconda 137

CAPÍTULO 3 – A arte enquanto álibi 143
   Poética da multiplicidade e teoria dos multiversos 148
   Uma estrutura espaçotemporal transtornada 150
   Partituras-processos e linhas de tempo 153
   Nomadizar? 155
   Pluri ou multiverso 157

TERCEIRA PARTE

MUNDOS ALTERNOS E ONTOLOGIAS 163

CAPÍTULO 1 – Ontologias deslocadas 169
   Ontologia versus *ontologias* 170
   Ontologias regionais 175
   Uma ontologia do terceiro gênero 178
   A questão do habitar e a ontologia de fundo 179
   A realidade enquanto transcendência 181
   Aonde nos levam as ontologias? 187

CAPÍTULO 2 – Jogos, avatares e mundos persistentes ... 195
   Ficções narrativas, jogos e círculo mágico 196
   Um alerta socialmente correto 199
   Problemáticas deslocadas 201
   Jogos limitados e mundos persistentes 203
   Uma construção biointeligente 207
   Uma estrutura espaçotemporal inusitada 208
   O critério de realidade não distingue um mundo do outro ... 211

   Habitar *Second Life*: os avatares 212
   O 'self' e seus avatares 213

Imagens atuadas, ações imagéticas, gestos interfaciados 216
Sociedade e regras sociais 220
Notas finais e fragmentadas a respeito
dos segundos mundos 223

CAPÍTULO 3 – Realidade, utopia concreta e *qua* 229
    Tipos de utopias 230
    A utopia concreta de Ernst Bloch 231
    A utopia crítica, modalidade do negativo 234
    As regras da arte 236
    Questões de realidade e de plano de fundo 241
    Uma hipótese útil é uma teoria verdadeira 243
    Perdas e ganhos 243
    Práticas modais 249
    As contrapartes 250
    Os 'enquantos' (os qua) 253
    Jogos e arte: álibis necessários 255
    Um relativismo ontológico 260

Esclarecimento sobre a escolha do título 263

PREÂMBULO

> [...] Deveremos afirmar que existe um único mundo, ou que existem cinco (*ena* e *pente*)? No que nos diz respeito, porém, o deus nos indica que, verossimilmente, um único mundo surgiu.
>
> Platão, *Timeu*, 55/d

A possibilidade de que existam vários mundos além do nosso é um tema frequentemente evocado desde a Antiguidade. A multiplicidade dos mundos é uma hipótese tão (ou tão pouco) verossímil como aquela que leva a apostar num mundo único. Platão, no entanto, parece dizer que é preferível acreditar na unicidade. Primeiro, por uma questão de simplicidade: para que se embaraçar com infinitos mundos se este em que vivemos já é complicado o bastante? Argumento ele próprio simplista, que carece de um fundamento mais nobre para ser crível. Esse fundamento mais nobre é a natureza do divino arquiteto, uma natureza una, que quer todas as coisas reunidas na forma do uno. O deus quer o melhor, a melhor disposição; e o melhor é o uno, o mais simples e, portanto, o mais harmonioso. É, pelo menos, o que podemos supor sobre a natureza do deus, mas talvez não a penetremos totalmente. Se subsiste uma parcela de dúvida, esta se deve tão somente à fragilidade de nossa inteligência. Vamos, portanto, estabelecer que o nosso mundo é um só, que é único. O problema fica resolvido por enquanto, cabendo ao filósofo tornar a afirmação consistente.

Que seja. O mundo, o nosso mundo, é o único para nós, agora. O estado presente da presença de um mundo único já é dado. Mas e quanto ao tempo? Será possível predizer que este estado irá perdurar? Eternamente? Se não há vários mundos existindo simultaneamente, existiria talvez uma quantidade de mundos se sucedendo ao longo do tempo? Não seria o tempo a corrente a ligar mundos sucessivos, derivados um do outro, num movimento cujo número é o tempo? Movimento eterno, então, se afirmarmos que este mundo único e divino não pode morrer. Sucedendo a si mesmo, o mundo aceita a medida de um tempo que, por sua vez, se sucede ao infinito. Medido embora infinito, vivo mas não alterado pela idade, o mundo sempre novo em sua forma perfeita retorna eternamente à própria origem, assim como todos os seres vivos que ele sustenta.

Tal hipótese se fundamenta na trajetória dos astros:

> Quando cada um dos astros errantes, dizem os estoicos, retorna exatamente, em longitude e latitude, para o ponto do céu em que se encontrava no começo, esses astros errantes produzem, ao fim de um período de tempo bem definido, o abrasamento e a destruição de todos os seres. Os astros então retomam sua trajetória e o mundo se vê reconstituído[1].

Nesta versão do mundo e do tempo, aceitamos a pluralidade, mas a pluralidade sucessiva. A sucessividade torna-se uma engrenagem íntima do mecanismo-mundo. Um movimento, lento e inexorável, anima o mundo único até sua explosão, prevista para o final do "Grande Ano". Este, calculado por Cícero em 12.954 anos, se encerra com uma explosão apocalíptica (dilúvios e incêndios), e depois outro "Grande Ano" tem início com o nascimento de um novo mundo. Mas será outro mundo ou o mesmo? Não se sabe. As teses se dividem:

– O mundo que renasce após a explosão é idêntico, em tudo semelhante àquele que acaba de morrer, e os vivos são iguais em cada detalhe. Trata-se da repetição do mesmo.

– O mundo renovado produz as mesmas situações, as mesmas disposições entre os seres que ele sustenta, mas os seres deste mundo diferem de seus antigos duplos em alguns aspectos; ainda há um Sócrates, mas não é exatamen-

---

1. Nemésio de Emesa, *De natura hominis* [Sobre a natureza do homem].

te o primeiro Sócrates: ele apresenta uma leve diferença, um atributo extrínseco (uma verruga no nariz, por exemplo).

Confesso que esta segunda hipótese é mais empolgante que a primeira. Pensar que talvez exista um mundo idêntico ao nosso, cujo traçado, porém, fosse só um tantinho defasado, como que desfocado por um reflexo que embaralha as feições sem, no entanto, alterá-las por completo, é uma fantasia rica em perspectivas. Seríamos então o outro de um outro nós mesmos, sem ser sua exata duplicação?

Mesmo sendo incontestável, para os antigos filósofos[2], a ideia de um redirecionamento do mundo único para um outro mundo, surge a discussão no que diz respeito às modalidades desse 'mesmo': idêntico ou apenas semelhante? Concernem apenas aos mortais, ou também aos deuses imortais, a Providência e o Destino? Após 300 mil anos (Julius Firmicus), 12.954 (Cícero, segundo Tácito) ou 1.460 (Julius Firmicus, em outro trecho)? Sobre todos esses tópicos – para não falar numa outra versão da palingenesia, oferecida pela metempsicose –, nenhum fato concreto logra desempatar as opiniões. As opiniões, ou melhor, a crença única que permanece é ainda mais dividida pelo fato de não possuir qualquer fundamento na realidade. Crença, portanto, que permite escapar, mesmo que só em sonhos, à rígida

---

2. Com efeito, se Aristóteles, Platão e os estoicos concordam sobre este tema, foram precedidos por inúmeros pré-socráticos, entre os quais Heráclito e Empédocles, e seguidos pelos neoplatônicos e pelos estoicos latinos, além de seus exegetas.

determinação do tempo presente, ao tédio de uma continuidade sem mudança. Crença na imortalidade da alma do mundo, mesmo tendo ela de morrer para renascer em mundos sucessivos. Crença que se perpetua no duplo horizonte do cristianismo: o terrestre, fadado à procriação e à corrupção, seguido do outro, celeste, eterno e, em parte, divino.

No entanto, se essas hipóteses continuam sendo hipóteses, e a ficção continua sendo uma ficção, o que pensar de um mundo definitivamente único, o nosso, que qualificamos de real em relação às ficções? Quem nos garante que ele é realmente único e que não existe, simultânea, paralelamente a ele, outro mundo bastante similar, porém distinto, que poderíamos habitar? Ou que até habitaríamos de fato, com poucas e pequenas diferenças, sem saber? E se pensássemos desse modo, à guisa de exploração, quais argumentos e experiências viriam sustentar a tese dos mundos paralelos?

Essas perguntas, sucintamente expostas, estão na origem deste ensaio. Bem sei que as pistas que proponho são tão frágeis quanto a própria existência desses mundos e que, para tentar expô-las, há que expor a si mesmo à incredulidade. Mas três motivos, pelo menos, me levam a tentar essa experiência.

O primeiro é que já não estamos tão seguros em relação ao 'nosso' mundo. Seus limites físicos já não são tão definidos, há muito que já extrapolaram a Terra e inclusive os planetas mais próximos; os 'espaços infindos' já não são uma metáfora, e sim uma realidade, estão povoados de corpos, e vários 'mundos' giram em torno ou para além do nosso. O universo está repleto de mundos, e a Terra parece ser um volume pequenino, quase ridículo, suspenso num éter já superpovoado. A incerteza toma conta.

Segundo motivo: no registro dos 'mundos' que nos cercam, a arte foi frequentemente solicitada, em especial pela fenomenologia, como operadora que 'abre um mundo'. O que será esse mundo 'aberto' pela arte? Aberto para quem, para que, onde, e que tipo de mundo? Não estaria, em vez disso, a arte a pedir um mundo que lhe faz falta e que ela custa a encontrar? Um mundo, por exemplo, em que se situe a atividade da ficção – entre a existência e a realidade, ou num equilíbrio incerto 'no ângulo de mundos paralelos'?

Em terceiro lugar, e este é um motivo insistente, vivemos hoje – alternada ou simultaneamente, é esta a questão – em dois mundos distintos, ou, dito de modo mais preciso, em dois espaços. Em paralelo ao espaço da sobrevivência cotidiana, que é um espaço habitável, está aquele em que passamos uma parte significativa do nosso tempo: o ciberespaço. Como se comportam esses dois espaços um em relação ao outro? E nós? Será que habitamos da mesma maneira o mundo dito 'real' e o mundo dito 'virtual'?

Os discursos, que naturalmente se dizem corretos, tratam essa questão de um ponto de vista sociomoral: frequentar o cibermundo seria prejudicial. Seus argumentos? O cibernauta inveterado não diferencia realidade e ficção, confunde o bem e o mal, se esquiva tanto às responsabilidades como aos mais simples deveres. Comportamento associal, quando não autista. Sendo as crianças as primeiras vítimas dessa invasão por parte do mundo virtual, convém preservá-las; temos aqui o mesmo tipo de argumento empregado contra a violência das imagens televisivas, acusadas de gerar atos violentos na vida real. Denuncia-se periodicamente a paixão pelos jogos *on-line*, calcula-se o número de horas passadas diante da tela, deplora-se a falta de cultura e o abandono dos livros. Existem inclusive, na China, campos de desintoxicação, com regime militar, para adolescentes viciados.

Esses discursos cuidadosamente corretos não dizem, contudo, onde se dá a ruptura entre esse mundo dito 'real' e o outro, nem mesmo se de fato existe uma ruptura, e como ela se manifesta. Em outras palavras: muitos vaticínios e nenhuma pesquisa. Verdade é que a questão é bastante complexa e não se pode limitar a uns poucos conselhos acompanhados de previsões catastróficas, e tampouco pode ser tratada religiosamente, com base em visões futuristas e planetárias.

Desses três motivos, o primeiro foge por completo à minha alçada: cabe ao astrofísico discuti-lo, e eu não teria como me aventurar nesse terreno. Podemos apenas evocá-lo como um dos temas recorrentes que vêm sustentar a hipótese geral dos mundos paralelos. Contexto importante, que orienta o pensamento sem que percebamos e cria uma espécie de inquietação acerca de nossas concepções de espaço e tempo, tornando-nos aptos a considerar novas configurações espaçotemporais.

Em compensação, o que podemos tentar expor é de que maneira alguns filósofos abordaram essa possibilidade. Acompanhar a via ziguezagueante das fantasias de mundos que eles nos oferecem pode nos trazer alguma luz... O possível, o atual, o real, a própria existência, e até mesmo a ek-sistência, tiveram seus arautos entre eles. Dos mundos, e do mundo, existem de fato várias versões, cuja exploração é necessária para o nosso objetivo e, curiosamente, vai às vezes ao encontro da busca dos astrofísicos (cf. Parte I – Sobre uma existência dos mundos).

O segundo motivo só aparentemente se afasta do primeiro: de acordo com o estereótipo, a arte parece ser, de fato, uma porta aberta para outros mundos. O que diz a arte a respeito do mundo em que vivemos? Será que ela revela algo sobre ele ou busca outros espaços, plurais e compósitos? A não ser que ela própria se ofereça como alternativa habitável. Seria o caso de efetuar a descrição desses mundos outros? De delinear os contornos de outras formas de evidência? Se estamos com a arte dentro do espaço da ficção, será que esse espaço abarca toda a extensão do mundo sensível, qual tradução defasada, ou será que desvenda o que não é, mas poderia ser? Nesse caso, qual a correspondência existente entre, de um lado, o invisível, o oculto, o velado, o possível e, de outro, o evidente, o real, o visível? Questão dos diferentes tipos de possível a que a arte e a ficção dão corpo, e que parecem oferecer acesso aos mundos plurais. A menos que se trate de álibis (cf. Parte II – Arte e mundos alternos).

Por fim, terceiro motivo: como pode o cibermundo ser apreendido? Situado na fronteira entre o existente e o real, poderá ele reivindicar o *status* de ficção? Que tipo de realidade é a sua? Embora sua construção seja artefatual e dependa da engenhosidade humana, ele paradoxalmente contém zonas de sombra, e grande parte de seu território – e até de sua vida, eu diria – permanece desconhecida. Onde e como será possível estabelecer a diferença, traçar uma fronteira entre duas 'realidades' dentro do mundo real? Seria suficiente dizer que o cibermundo apresenta uma realidade de segunda categoria, uma 'espécie' de realidade ainda inconclusa ou relegada ao nível de uma perigosa maquinaria; ou, pelo contrário, seria preciso tentar analisar o instrumental conceitual que comanda o seu acesso e, no mínimo, colocar a questão de uma ontologia possível dos próprios possíveis (cf. Parte III – Mundos alternos e ontologias).

É então evidente que, pelos três motivos que inspiraram este trabalho, cada um dos temas se alimenta dos demais e chama por eles. Não há como tratar ou julgar a existência dos mundos alternos sem levar em conta as filosofias do possível, as definições de real e de fictício, assim como o uso que delas se pode fazer nos campos – muito mais próximos do que comumente se acredita – da lógica e da arte.

PRIMEIRA PARTE
SOBRE UMA EXISTÊNCIA DOS MUNDOS

Vários filósofos já se questionaram sobre a existência do mundo e a possível existência de outros mundos para além deste em que vivemos. Naturalmente, o primeiro que me vem à mente, sobre esse tema, é Leibniz – digo 'naturalmente' porque seu 'melhor dos mundos possíveis' adquiriu certa popularidade graças a Voltaire, que o escarneceu alegremente. O destaque dessa referência, porém, acaba encobrindo a profusão de teses desenvolvidas por outros pensadores e que é interessante consultar. As formas do possível assumem, assim, uma dimensão particular, e os argumentos que sustentam uma ou outra dessas teses não são de se desprezar.

Na Antiguidade, as visões de mundos em construção, de mundos inconclusos ou, pelo contrário, perfeitos, são moeda corrente. Do *Timeu* de Platão ao mundo finito de Aristóteles, temos descrições complexas, argumentadas, que diferem largamente entre si, embora se interpenetrem na Idade Média até formar uma teia complexa de 'crenças teóricas'. Dessas crenças, bem ancoradas, o principal responsável é certamente Aristóteles, cujo *De caelo* [Tratado sobre o céu][1] oferece uma visão completa do universo, de seus princípios e elementos. Muitas outras versões do universo vieram à luz, mas poucas sobreviveram tão completamente e por tanto tempo com tantos desdobramentos. Essa própria insistência sugere uma pergunta: será que o esquema cosmológico de Aristóteles não sobrevive em algum recôndito oculto dentro de nós, enquanto aderimos plenamente aos esquemas científicos contemporâneos? E o que dizer, por exemplo, estando em um mundo único, exclusivo, da crença em outros mundos possíveis? Numa divisão entre mundos 'reais' e 'possíveis'? O que dizer de nossa crença a esse respeito?

Antes de procurar responder a essas questões é preciso primeiro conhecer a teoria do mundo de Aristóteles. Este me parece ser um primeiro passo indispensável; seus argumentos em prol de um mundo único, os encadeamentos lógicos de suas proposições, suas críticas em relação aos sistemas de seus contemporâneos são peças que constituem este dossiê. Vou, portanto, tentar apresentar aqui um panorama da teoria aristotélica do mundo, na medida em que ela influenciou consideravelmente as posteriores visões *do*

---

1. Aristote [Aristóteles], *Traité du ciel* [Tratado sobre o céu], trad. fr. J. Tricot, Paris, Vrin, Bibliothèque des textes philosophiques, 2000.

mundo e *dos* mundos. É suficientemente rica para ajudar a compreender outras 'visões', como a dos estoicos, a dos teólogos da Idade Média, a dos neoplatônicos da Renascença, e até mesmo o mundo único de Descartes.

A segunda parte deste capítulo será dedicada aos diferentes contramodelos: existem vários mundos possíveis ou reais; para além dos comentários, variações e incertezas suscitados pelo mundo único de Aristóteles, existem também, sem contradizê-los, verdadeiros sistemas relacionados à infinitude e à pluralidade dos mundos que retomam ponto por ponto, confrontando-os, como fez Giordano Bruno, os argumentos do Estagirita. Ou ainda, embora divergindo de forma distinta, o infinito leibniziano e seu mundo de possíveis reais. Talvez estejamos, então, em condições de considerar a dimensão do problema e perceber qual o espaço ocupado pelo *possível* em nossas próprias representações do(s) mundo(s).

CAPÍTULO 1
O MODELO ARISTOTÉLICO

UNS CÉUS, UM MUNDO: NOSSA CONDIÇÃO SUBLUNAR

Nós, seres vivos, andamos sobre a terra e nos deslocamos de modo retilíneo, como que presos por um fio que, a um só tempo, nos gruda no solo e nos propulsiona da frente para trás, e de cima para baixo (e vice-versa). Somos, assim, postos em condição pela forma do mundo e pela matéria das coisas: nossa vida se desenrola, cá embaixo, num mundo que Aristóteles qualifica de 'sublunar'.

Com efeito, tudo o que vive na superfície da terra ou dos mares, sejam seres humanos, animais ou plantas, pertence ao contingente, ao não necessário, àquilo que tem começo e fim, e que está sujeito à geração e à deterioração. Esse mundo se estende desde a Terra até a região situada imediatamente abaixo da Lua. Ele tem por céu a porção de universo compreendida entre a Terra e o céu dos planetas (como a Lua): nada nele é perfeito, nem o movimento – que se dá dentro do tempo – nem o próprio tempo, fator de envelhecimento. Até mesmo esse céu, para o qual se volta o nosso olhar, é imperfeito: os planetas nele vagamundeiam e não se movem de maneira uniforme; seu movimento, embora circular, resulta de seu maior ou menor distanciamento do primeiro céu – o das estrelas fixas –, cujo movimento é, este sim, regular, único e circular. E embora possamos vislumbrar algum tipo de superioridade nessa esfera dos planetas – considerando-se que são menos sujeitos que nós à passagem do tempo, que não parecem se corromper e morrer, e que seu movimento, por ser circular, é mais perfeito que o nosso –, este céu não pode ser chamado de eterno, único e não engendrado como é o primeiro céu, *Ouranos*, este cujo limite é o próprio limite do universo e que, compreendendo o todo, se confunde com o próprio todo.

Há, portanto, dois céus concêntricos, que se movem de forma distinta e ocupam a parte alta do nosso mundo sublunar, com a Terra imóvel fazendo as vezes de centro dessas esferas, "posto que é circular todo movimento que gira em torno de um centro fixo". Curiosamente, Aristóteles parte da constatação do movimento celeste para argumentar sobre o lugar da Terra no cosmo, sobre sua imobilidade e seu peso. Se o céu das estrelas fixas se move de modo regular e circular, o que a todos é dado constatar, então isso deve ocorrer em torno de um ponto que se mantém estável, imóvel; este ponto é a Terra em que estamos, centro da rotação dos céus compósitos e local de onde eles são observados.

Um esquema cosmológico

Assim, Aristóteles coloca a Terra, massa pesada e imóvel, no centro de uma roda (a esfera dos planetas); esta, por sua vez, está envolta por outra roda, que contém as estrelas fixas, limite último se partirmos da observação terrestre, mas primeiro céu na ordem ontológica. Pois esse primeiro céu (*Ouranos*) é eterno, divino: equivale, na mecânica celeste, ao motor primeiro da metafísica, que move sem ser movido. Não se distingue do princípio que anima *Ouranos*. Princípio do movimento e, portanto, do mundo tal como se move em seu conjunto, o primeiro céu é seu próprio princípio. O primeiro céu não é a emanação de um princípio eterno, é o princípio em si, o Todo.

Enquanto tal, ele é aquilo que encerra o universo e o põe em movimento; propõe a perfeição, que ele realiza a todo instante numa circulação sempre reiniciada. Pois, muito embora *Ouranos* seja absolutamente eterno, a eternidade que lhe cabe não tem nada a ver com um tempo eternamente estendido. Não há nada de infinito na circularidade, apenas um termo que se repõe em andamento. Da mesma forma, o universo, eterno porém concluído, é um corpo produzido, envolvido e manifestado por *Ouranos*.

Trata-se de um corpo-mundo. Toda matéria existente se encontra, de fato, no interior do círculo de *Ouranos*. Fora dele, nada. Nem mesmo o vácuo, que os estoicos, embora não o quisessem em seu mundo, o reintroduziram no exterior, enquanto incorpóreo. Aqui, no esquema aristotélico, o universo não requer nenhum complemento, ele basta a si próprio. Ele é único e não suporta nenhum outro 'mundo' ao seu lado. Aristóteles não poupa argumentos para sustentar essa posição. O *Tratado sobre o céu* é inteiramente consagrado à defesa e à ilustração da unicidade do mundo.

ARGUMENTOS PARA UM MUNDO ÚNICO

> Se supusermos dois corpos (dois mundos) em presença, um dos dois será inútil, no sentido em que dizemos que um sapato é inútil quando não podemos calçá-lo. Ora, nem Deus nem a natureza fazem nada em vão[1].

Ao lado de um mundo finito, no centro do qual se encontra uma massa imóvel e esférica – a Terra –, nenhum outro mundo pode pretender existir. Por quê? Duas séries de motivos, cada uma envolvendo várias demonstrações, são chamadas a sustentar a tese da unicidade e da finitude do mundo.

– A primeira série diz respeito à física: o esquema cosmológico que acabamos de delinear, e cuja explanação completa encontramos no *Tratado sobre o céu*, apoia-se em

---

1. Aristóteles, *Traité du ciel*, I, 4, 271a 30.

teorias desenvolvidas na *Física*, na *Meteorologia* e também nos livros de biologia: *Da geração e da corrupção, As partes dos animais* e ainda *A marcha dos animais*.

– A segunda diz respeito a considerações ligadas à metafísica propriamente dita, e refere-se ao movimento, ao primeiro motor e à entelequia, assim como à ordem das preeminências, da menos perfeita à mais perfeita, e ao princípio de economia: "nem deus nem a natureza fazem nada em vão".

As duas séries não estão isoladas: elas se cruzam, sustentam uma à outra e, não raro, se justapõem ao longo de uma mesma demonstração. Assim, por exemplo, no *Tratado sobre o céu* (livro II, capítulo 12), após descrever o movimento mais ou menos lento das esferas celestes, Aristóteles dedica um extenso trecho à hierarquia dos astros: o mais perfeito entre eles, o primeiro céu, não precisa executar nenhum movimento para alcançar seu fim, sendo ele mesmo seu próprio fim, ao passo que os seres menos perfeitos são obrigados a se empenhar com vistas a esse fim de que mais ou menos se aproximam.

> O primeiro céu atinge seu fim mediante um movimento único e de forma imediata; já os corpos intermediários entre o primeiro e os últimos céus alcançam este fim, mas à custa de um número maior de movimentos[2].

---

2. Aristóteles, *Traité du ciel*, II, 12, 292b 20.

Existem vários trechos similares, em que a teleologia assume o papel da explicação física (como no trecho citado anteriormente). Será possível, porém, isolar as duas séries e, por exemplo, refutar a primeira, física, e manter a outra, metafísica? É algo que iremos nos perguntar mais adiante. Comecemos, porém, com nossa base terrestre: qual é essa base?

A Terra

Para início de conversa, ela existe. E sua existência é necessária, pois em torno dela é que circulam os orbes celestes. Esse motivo prevalece sobre a simples experiência. Como esclarece Aristóteles, sempre é possível constatar fatos e propor teorias, como fazem muitos filósofos, mas não é isto o mais importante. É preciso buscar a verdadeira causa, e esta se situa para além das aparências: chega-se a ela através do raciocínio, da reflexão – da filosofia, em suma.

Ora, a Terra é um tema eminentemente filosófico, no sentido de que sua existência imóvel no meio do universo é tão estranha quanto difícil de explicar. Como pode esse volume manter-se por si só, sem nenhum apoio observável? Se uma parcela qualquer de terra, quando jogada para o alto, torna a cair velozmente, como pode um volume como a Terra permanecer no ar, em repouso? Há nisso, a propósito, um objeto de estudos *philosophema* (um filosofema).

Filosofemos, então. Há que examinar, nesta ordem, por que a Terra é esférica, por que ela é imóvel, por que, além disso, situa-se no centro do mundo, e o que significam seu considerável volume e seu peso. Se as proposições apresentadas quanto a esses aspectos são às vezes defendidas sem suscitar opiniões contrárias, como que afiançadas por todos os raciocínios e observações do próprio Aristóteles, são também defendidas em oposição às concepções vigentes nas demais escolas filosóficas. É o que ocorre nos capítulos 13 e 14 do livro II do *Tratado*. Esses trechos são interessantes para o objeto em pauta, uma vez que nos fornecem motivos para pensar que, não obstante a quase hegemonia do modelo aristotélico, existiam à época outras concepções que admitiam a existência de dois ou vários mundos.

Sua esfericidade

É geralmente aceita, tal como a esfericidade do universo. Assim os estoicos, com Crísipo ("existe um mundo único, limitado e de forma esférica")[3], os pitagóricos e o próprio Platão, no *Timeu*, admitem essa esfericidade (mesmo que estes últimos a concebam composta de triângulos encaixados um no outro). Alguns, porém, sustentam que a Terra é 'plana como um tamborim', ou que tem forma cilíndrica,

---

3. Diogène Laërce [Diógenes Laércio], *Vies doctrines et sentences des philosophes illustres*, trad. fr. Robert Grenaille, Paris, GF Flammarion, 1965. Livro VII, 140. Para o texto em português, cf.: Laércio, *Diógenes. Vida e doutrina dos filósofos ilustres*, trad. do grego, introdução e notas Mario Gama Kury, Brasília, UNB, 1998. As demais menções a esse texto feitas no decorrer deste livro se referem à tradução francesa.

como, notadamente, Anaxágoras e Anaximandro. Essa forma plana explicaria a imobilidade da Terra, uma vez que atuaria como uma tampa, comprimindo o ar embaixo, oferecendo-lhe assim um apoio. Essa tese, que é a de Anaximedes, Anaxágoras e Demócrito, não tem como ser aceita porque o que eles demonstram é a imobilidade da Terra; ora, essa imobilidade pode ter outra causa, como sua rotundidade: não se trata, portanto, de um argumento tópico. Outro argumento em prol da forma plana: durante o nascer e o pôr do sol, a linha do horizonte é retilínea; se a Terra fosse esférica, deveríamos vislumbrar uma seção circular. Igualmente inaceitável, diz Aristóteles, pois equivale a fiar-se numa aparência e raciocinar superficialmente.

Sua centralidade

A posição central da Terra é muito mais discutida, segundo o próprio filósofo[4]. Alguns, como Tales de Mileto, acreditam que a Terra repousa sobre a água ou, como Xenófanes de Cólofon, que tem suas raízes no infinito. Ela, então, não estaria no centro do mundo. Trata-se de absurdos: como é possível a água sustentar a Terra? Um elemento naturalmente leve como a água não pode sustentar um elemento mais pesado (a Terra) e ficar embaixo dele. E não teria de haver um motivo para que a água sustentasse a si própria? Quanto à hipótese das raízes mergulhando

---

4. Aristóteles, *Traité du ciel*, II, 13, 293a.

no infinito, não faz mais que transferir o problema sem resolvê-lo. Palavras vãs[5].

Mais séria é a tese dos pitagóricos: o fogo é o elemento central em torno do qual se (des)locaria a Terra. O fogo é a matéria mais nobre, mais próxima dos deuses, é justo que ele se encontre no centro; será *hestia*, a fortaleza de Zeus, que guarda o universo[6]. Eles acreditam, portanto, que a Terra cumpre um movimento circular em torno do fogo. Se a Terra não está situada no centro, é lícito pensar que não é a única a girar em torno do fogo: assim, os pitagóricos acrescentam um décimo planeta aos nove já conhecidos, a Antiterra, de modo a compor uma dezena. Planeta, aliás, invisível, oculto, segundo eles, devido à interposição da Terra. Alguns acreditam que existem outros corpos na mesma situação, ocultos por esta mesma interposição e, portanto, igualmente invisíveis. Embora não tenhamos informações muito precisas sobre essa Antiterra, que parece ser uma criação destinada a assegurar a harmonia das esferas pitagóricas, a hipótese deixa aberta a possibilidade da existência de outros mundos.

Se Platão, no *Timeu*, situa a Terra no centro do mundo, ele a faz oscilar em torno de um eixo que se estende por todo o céu. Enroscada nesse eixo, enrolada sobre si mesma, ela se move, portanto, ligeiramente. A imagem das formas do

---
5. Aristóteles, *Traité du ciel*, II, 3, 294b.
6. Ibid., II, 13, 293b.

destino segurando o fuso, tecendo a vida e a morte ao enrolá-lo e desenrolá-lo, não é alheia à visão platônica. Não seria esta, portanto – tal como a Antiterra para os pitagóricos –, uma espécie de ficção útil para a harmonia das esferas do *Timeu*? Inaudível harmonia celeste, que vem atestar poeticamente a veracidade do mundo, e com a qual Aristóteles não está nem um pouco de acordo. Seja como for, a questão do movimento está colocada, e a resposta de Aristóteles é irremediável: "a Terra não se move"[7]. É inútil a imagem de Platão. Pode inclusive ser prejudicial à compreensão da eternidade do cosmo e de sua não geração.

Sua imobilidade

A dupla afirmação da esfericidade e da situação central da Terra conduz, com efeito, a essa outra proposição, que é a imobilidade da Terra no centro do mundo. Esférica, a Terra situa-se necessariamente, como vimos, no centro dos orbes celestes, e seu próprio centro coincide com o centro do mundo. Sendo assim, são as diferentes esferas animadas por um movimento circular que mantêm a Terra em repouso, por força de sua pressão.

Em contrapartida, não são os turbilhões de Empédocles que, mediante um movimento incessante e desordenado, deixam em seu centro um lugar para a Terra, nem tampouco o estado de indiferença – solução elegante, mas engano-

---

7. Aristóteles, *Traité du ciel*, II, 14, 296b 25.

sa, de Anaximandro – segundo o qual a Terra não se inclina nem para um lado nem para outro, uma vez que os movimentos produzidos seriam contrários, anulando-se mutuamente. Antes é preciso introduzir aqui um parâmetro físico muito importante, sobre o qual se constrói toda existência possível sobre a Terra: o *lugar natural*.

O lugar natural

Se a Terra se situa no centro do universo por necessidade, uma vez que assegura o movimento dos orbes celestes à sua volta, essa centralidade também é necessária por outras razões, ligadas, desta feita, à sua composição elementar. A terra é o lugar onde tudo o que é pesado (os graves) está 'naturalmente' onde deve estar. Caso alguma pressão seja exercida contra um grave e ele seja jogado para o alto, tornará a cair, pois seu local natural é a terra. Ao natural, esse objeto está em repouso, no seu lugar, onde deve estar. Em compensação, o lugar do fogo é no ar; tudo o que é de fogo tende naturalmente a ir para o seu lugar, no ar, no alto. Assim, os graves tendem para baixo e os leves, para cima. Essa configuração natural explica que os movimentos, nesse mundo sublunar, terrestre, sejam retilíneos: eles têm uma origem – seu lugar – e um fim – mais uma vez seu lugar. Isso também explica o fato de que a Terra se comprima sobre si mesma, seja pesada e permaneça em repouso, ao passo que os movimentos superficiais só afetam os objetos que nela se encontram (incluindo partes da própria

Terra, quando lançamos um torrão de terra, por exemplo). Essa teoria do lugar natural tem muitas outras funções dentro do sistema aristotélico, como a de explicar a marcha (dos animais): não posso saltar muito alto sem cair de volta, eu caminho erguendo apenas um pé, ao passo que o outro fica como que preso ao seu lugar natural, a terra. Preciso ir contra a minha pesadez mediante um equilíbrio do peso de meu corpo, um esforço que vai de encontro à tendência natural ao repouso[8]. O mesmo princípio explica o apego de todo ser vivo ao seu 'próprio lugar' (*topos oikeion*): o burro indiano em seu rochedo, o elefante nos pântanos[9].

O centro da Terra é o lugar natural dos graves, sendo igualmente o centro do universo: mais um motivo para a Terra ser imóvel. De que modo achariam os graves seu caminho para o centro se a Terra se movesse? Ficariam errando como, segundo Empédocles, pedaços esparsos dos membros humanos antes de se juntarem pela amizade. Impensável.

O alto e o baixo, o grave e o leve, a Terra, esférica e imóvel, no centro do mundo. O próprio mundo, finito, eterno e não gerado, mantém ligados os quatro elementos – terra, água, fogo e ar –, distribuídos conforme o seu lugar

---

8. Aristóteles afirma em *A marcha dos animais*: "É mais fácil pular num pé só sobre o pé esquerdo" (4,705b). Isso porque aquilo que move o corpo se encontra à direita e o que é movido, à esquerda.

9. Aristote [Aristóteles], *Parties des animaux* [Partes dos animais], trad. fr. Pierre Lovis, Les Belles Lettres, 1956, II, 658b: "O elefante é um animal que, por natureza, pode viver nos pântanos [...]". Sobre o burro indiano, cf.: III, 663a.

natural. Estamos agora preparados para argumentar sobre a unicidade do universo.

1º argumento: a recusa do vácuo

Não existe nada em torno do universo: nada não significa não-ser, nem tampouco vácuo. Em sendo correta essa hipótese, não pode haver, fora do universo, nada além do nada. Pois se, apesar de tudo, o vácuo existisse fora do universo, seria uma espécie de espaço sem alto nem baixo, nem centro – um espaço sem orientação nem limite, infinito. Como poderia haver outro mundo nesse vácuo, se ele é centrado e seus elementos supostamente se dirigem para o seu lugar natural, ou seja, para o centro do mundo e da Terra?

2º argumento: o lugar natural

O movimento natural dos graves para o centro do mundo é, após a recusa do vácuo, um dos principais obstáculos à existência de outro mundo. É o que explica Aristóteles no livro I, 8 do *Tratado sobre o céu*. O movimento dos graves para o centro é um movimento natural, e o mesmo se daria com um outro mundo: os graves desse outro mundo deveriam se dirigir para o centro do nosso mundo, e o fogo desse outro mundo deveria se dirigir para a extremidade do nosso mundo; isso equivaleria a dizer que o centro do outro mundo – uma Terra – se dirigiria para o nosso mundo e se veria assim no lugar do fogo, na extremidade do nosso. O que não pode ser.

Além disso, cada elemento é único e dotado de um só movimento natural: não existem elementos além daqueles que compõem o nosso mundo. Se existisse outro mundo, ele seria, por sua vez, fatalmente composto por esses mesmos elementos, e esses elementos se comportariam de igual maneira: os graves se dirigiriam para o centro e os leves, para a extremidade do mundo. O que significa que os dois mundos teriam um mesmo centro – a Terra – e uma mesma extremidade – o primeiro céu. Assim, esses dois mundos seriam, na verdade, um só e único mundo.

Por fim, 3º argumento, oriundo da filosofia primeira

A limitação do universo acarreta sua unicidade. Essa é não apenas uma verdade física, é também uma verdade da filosofia primeira: pois o limite é mais nobre que o limitado, e o motor, mais do que aquilo que move. Assim, *Ouranos*, o primeiro céu – limite último do mundo, que arrasta em seu movimento circular os demais orbes do céu –, é divino. Depois das considerações e argumentações físicas, é a vez de a metafísica garantir o conjunto. Pois aquilo que vem depois de nós, homens do sublunar, é, em verdade, primeiro na ordem do universo.

O modelo é, portanto, fechado. É tão bem amarrado com o inteiro dispositivo da filosofia aristotélica que parece intocável. E, de fato, manter-se-ia inalterado por cerca de dezoito séculos; alguns poucos retoques marginais viriam antes aperfeiçoar do que contestar seu esquema.

Há, porém, algumas escapatórias. Por exemplo, seria lícito pensar, como os estoicos, que há no vácuo incorpóreo espaço para um outro mundo. Com efeito, embora para os estoicos não haja vácuo no universo, existe, ao redor do mundo, algo que não é o nada aristotélico, mas um *vácuo* cujo único atributo é poder receber um corpo, tornando-se assim um lugar. O mundo é limitado, mas o vácuo é infinito. Não se pode dizer que esse vácuo esteja à espera de se tornar um lugar, ou mesmo vários lugares – ele não espera nada, apenas está ali; contudo, é impossível não pensar que, afinal, ele bem que poderia acolher uma pluralidade de mundos. Mas é verdade que para isso seria necessário abrir mão da definição aristotélica de lugar e de vácuo.

Isso porque, para Aristóteles, a definição de lugar exclui a existência de um espaço que não seja o espaço de alguma coisa; o lugar é o invólucro mais externo de um corpo, é o seu limite; lugar e corpo são ligados a tal ponto que nunca existe um sem o outro. Não existe lugar sem conteúdo, continente sem conteúdo, limite sem limitado. A isto vem somar-se a definição de lugar natural como sendo o lugar onde, por natureza, se aloja o elemento material que lhe é destinado: quando deslocado, esse elemento volta para o seu lugar natural, como vimos. O vácuo é excluído, uma vez que não tem lugar no sistema. Excluído dentro, excluído fora, não há espaço para outros mundos.

Para os estoicos, em contrapartida, o vácuo interno do mundo é excluído por outro motivo, motivo esse que deixa, paradoxalmente, uma porta aberta para a hipótese de outros mundos. Esse argumento é a natureza do *fogo artista* que liga os seres entre si e ao andamento do universo. Ora, esse fogo, esse sopro, não poderia circular livremente caso existissem zonas vazias, neutras, nas quais o sopro se perderia. A gota de vinho não poderia misturar-se ao mar inteiro – segundo a expressão bem conhecida – se existissem espaços vazios entre os corpos. Não se trata aqui de *lugares naturais*, para onde todo grave deve retornar, mas de *vínculo*. Esse vínculo, esse fogo, esse sopro, viaja através dos corpos. Trata-se de um corpo, mas um corpo fluido – ou pneumático –, acaso não pode unir outros seres em outros mundos? Será limitada a sua trajetória? A essa pergunta os estoicos não oferecem resposta, mas não seria lícito pensar que esse vínculo está sempre à cata de 'vinculáveis'[10]?

OUTRAS VERSÕES

Versões diferentes da física cósmica não são, porém, o que nos falta: de um lado, a versão de Epicuro e dos antigos atomistas; de outro, a de astrônomos como Aristarco. Mas nenhuma das duas prevalece, nenhuma consegue derrubar o sistema aristotélico. Verdade é que ambas as versões refutam princípios básicos da cosmologia de Aristóteles: a recusa do vácuo e a imobilidade da Terra. Para Epicuro e os epicuristas,

---

10."Vincibile", termo que Giordano Bruno empregaria em *De Vinculi*, trad. fr. e notas de D. Sonnier e B. Donné, *Des liens*, Paris, Allia, 2004.

existe vácuo, inclusive um vácuo ilimitado, sem fim, sem objetivo ou orientação, condição em si do universo. Em Aristarco, a imobilidade, a estabilidade da Terra é que é refutada. Com Epicuro, o vácuo é dado desde a origem, "não fosse aquilo que chamamos de vácuo e espaço e substância intangível, os corpos não saberiam onde ficar nem através do que se mover [...]"[11]. O vácuo é a condição em si para que exista algo no universo, e esse algo são antes mundos em número infinito do que um único mundo ou uns poucos mundos em número limitado. O argumento? O argumento é que "se os corpos fossem em número infinito, e o vácuo, ilimitado, os corpos não ficariam no lugar em parte alguma, seriam arrastados para todos os lados sem encontrar apoio". Os mundos são (portanto) em número ilimitado, pois

> os átomos em número ilimitado são levados até ao mais distante. Com efeito, tal como são, os átomos, dos quais poderia nascer um mundo ou que poderiam fabricar um, não se esgotam todos num único mundo, nem nos mundos em número limitado, nem em todos os mundos, de modo que nada se opõe ao número ilimitado de mundos[12].

O vácuo infinito admite assim uma infinidade de mundos, que constituem desdobramentos possíveis dos átomos

---

[11]. Diógenes Laércio, *Vies doctrines et sentences des philosophes illustres*, Livro X, Epicuro, "Carta a Heródoto", 40-44.
[12]. Ibid. Para os comentários, cf. a tradução e as notas de Jean Bollack, Mayotte Bollack e Heinz Wismann em *La Lettre d'Épicure*, Paris, Minuit, 1971.

'que os fabricam' e caem de um movimento infinito no vácuo ilimitado. Tampouco esse modelo teve uma fortuna imediata: o vácuo e os átomos decerto não atendiam ao desejo dóxico de visibilidade, o esquema desse vácuo e desses átomos parecia demasiado distante do mundo observável para ser convincente. O atomismo epicurista é visto antes como uma ficção do que como um esquema confiável do mundo real[13].

Outra escapatória, na forma de um contramodelo, é oferecida por Aristarco de Samos, que nos dá mais uma versão: para ele, a Terra gira em torno do Sol, e também sobre si mesma. O Sol é muito maior do que se pensa, e a distância da Terra para a Lua e para o Sol é maior do que se imagina. O menor deve girar em torno do maior, e não o contrário, de modo que a Terra é que gira em torno do Sol, e não o inverso. Isso implica na refutação de um dogma: a imobilidade da Terra e seu lugar no centro do universo. Para Aristarco, esse lugar é ocupado pelo Sol.

Essa tese, no entanto, pertencente ao âmbito da astronomia e da matemática, não se insere num sistema completo – unindo lógica, ética, metafísica – como o de Aristóteles. A isso se deve, sem dúvida, sua pouca repercussão; de fato, ela permanece num duplo isolamento: por ser apenas uma hipótese de astrônomo, e não um filosofema incluído no conjunto de

---

13. Essa exigência de visibilidade persiste ainda hoje. A discussão em torno de uma possível pluralidade de mundos refere-se constantemente a ela.

outros filosofemas, e por não ter tido um sucessor e ser recôndito o seu destino. Com efeito, depois de ter arrebatado alguns discípulos por algum tempo, suscitando, aliás, um *Contra Aristarco* por parte de Cleanto, extingue-se o interesse por essa hipótese. Os astrônomos seguintes se atêm à imobilidade da Terra e à sua centralidade, nos sistemas cosmológicos seguintes já não existem outros mundos *reais* dentro do universo. Na falta de certezas quanto à composição deste universo, a discussão deriva para a teologia: Deus acaso não pode criar tantos mundos quanto lhe aprouver? Acaso seu poder não é infinito? A questão da pluralidade dos mundos passa a ser uma questão teológica que permite testar a onipotência de Deus. Condenaram-se, assim, algumas teses que sustentavam a unicidade do mundo, pois isso equivaleria a limitar a onipotência divina[14]. Mesmo neste caso, porém, em que se trata tão somente de hipóteses e não de um esquema que descreve uma 'realidade', para que tais proposições sejam aceitas é necessário confrontar, ponto por ponto, a cosmologia aristotélica.

---

14. Cf. Jacob Schmutz, "Qui a inventé les mondes possibles?" [Quem inventou os mundos possíveis?], *Les Cahiers de philosophie de Université de Caen*, 2006, n. 42, p. 12.

CAPÍTULO 2
O ESTILHAÇAMENTO DO MUNDO

ALGUNS PASSOS NO INFINITO
UM ESPAÇO PARA O INUMERÁVEL

A contradição – um contramodelo, na verdade – chega através de um genial desmancha-prazeres: Giordano Bruno. Ele desmonta, parte por parte, o sistema cosmológico de Aristóteles a fim de defender seu próprio mundo – ou melhor, *seus* mundos infinitos[1], já que é de fato sobre a noção de infinito que se constrói o novo universo bruniano. Universo impensável nos termos antigos, sua introdução estilhaça o estreito círculo fechado sobre si mesmo que até então servia de modelo. Rompendo com o modelo geocêntrico de um mundo finito, único, Giordano Bruno vai buscar o velho Aris-

---

1. Giordano Bruno, *De l'infini, de l'univers et des mondes*, in *Œuvres complètes*, t. IV, Paris, Les Belles Lettres, 2006. Para o texto em português, cf. a edição: *Sobre o Infinito, o Universo e os Mundos*, trad. Helda Barraco e Nestor Deola, São Paulo, Abril Cultural, 1992. (Coleção Os Pensadores).

tarco de Samos e seu sistema heliocêntrico; conhece, além disso, as teorias de Copérnico e adota sua tese da rotação da Terra em torno do Sol e sobre si mesma. Mas Copérnico, cauteloso, não se aventura além de seu próprio terreno; para ele, tanto o mundo como o universo são finitos. Seu *De revolutionibus orbium coelestium* [Das revoluções das esferas celestes], embora transgrida o esquema cosmológico geocentrado, não leva adiante a reflexão sobre o universo. Insistem e resistem algumas partes da teoria aristotélica, não excluídas pelo modelo de Aristarco ou de Copérnico. Para revolucionar totalmente o sistema, Bruno deverá, enquanto filósofo, discutir e refutar, uma a uma, as posições de Aristóteles.

Antes de prosseguir, é necessário fazer um esclarecimento importante, este que dá conta das definições do mundo e do universo. Os estoicos jogavam com três definições para o termo 'mundo': é o todo (o mundo mais o vácuo externo), ou é apenas o mundo (onde não há vácuo), constituído pela Terra, os planetas e as estrelas fixas, ou é apenas a Terra. Aristóteles, por sua vez, delimita três sentidos para 'céu':

> Denominamos 'céu' a substância da circunferência mais externa do universo [...]; em outro sentido, é o corpo contínuo à circunferência mais externa (onde situamos a Lua e os demais planetas), e num outro sentido ainda, o corpo envolvido pela circunferência, uma vez que ao Todo ou totalidade nós geralmente denominamos 'céu'[2].

---

2. Aristóteles, *Traité du ciel*, I, 9, 278b.

Giordano Bruno, por sua vez, toma o cuidado de diferenciar 'universo' de 'mundo': aí começa a construção da ideia de infinito. Com efeito, o universo é o Todo, mas não encerra um conjunto como fazia o *Ouranos* aristotélico; é uma totalidade infinita, da mesma natureza do vácuo externo dos estoicos, ou seja, não limitado, indiferente ao que possa ou não conter, sem nenhum centro ou hierarquização (alto/baixo ou leve/pesado)[3]. Neste espaço infinito e neutro, nosso mundo finito e muitos outros mundos podem conviver qual pequenas esferas girando em torno dos planetas, como a Terra em torno do Sol. Se ali se aloja o nosso mundo, por que não haveria outros? Se está bom para nós, por que não seria bom para outros mundos[4]?

O vácuo infinito como condição do universo infinito

Tal é o ponto de partida de Giordano Bruno. Isso implica em contestar a definição do *lugar* aristotélico e, consequentemente, contestar também a ideia de *lugar natural dos graves* que leva à posição geocêntrica, assim como a ideia da envoltura do céu sobre si mesmo, que conduz a um universo situado em lugar nenhum que repousa, imóvel, em si mesmo. Todas essas contradições se encontram no cerne da

---

3. "Trata-se de uma imensa região etérea na qual se encontram incontáveis corpos que chamamos de mundos, constituídos de espaços preenchidos e vazios". Cf. Giordano Bruno, *De l'infini, de l'univers et des mondes*, op. cit., Dialogo primo [Primeiro Diálogo], 32.
4. Ibid., 11.

própria teoria aristotélica. Como dizer, com efeito, que o mundo não está em lugar nenhum? Como dizer que o céu se move num movimento circular e, ao mesmo tempo, que é imóvel? Como negar a Deus o poder de criar o quanto aprouver ao seu poder infinito, ou negar-lhe o desejo de um bem infinito para todas as suas criaturas (incluindo mundos, planetas e astros)?

O vínculo em vez do lugar

A Terra decai, assim, de sua posição central, sendo rejeitada qualquer ideia de hierarquia entre as diversas partes do universo. Já não existem lugares fixos a regular um mecanismo, e sim um vínculo vivo, flexível, nuançado, que atravessa um espaço infinito de par em par (se é que se pode usar essa expressão): fogo vital, fogo artista, segundo a expressão estoica; seja como for, um *vínculo*. A esse vínculo Bruno dedica um precioso livrinho, *De vinculis*[5]. Será possível cortar esse vínculo, deter o sopro? Não: o vínculo é o princípio em si da eficiência, simultaneamente causa e efeito, e única sustentação do verdadeiro infinito. Este ponto parece ser importante, pois com esse vínculo iremos resvalar a descrição de mundos cuja existência é afirmada enquanto tal para especulações acerca das propriedades do vínculo, ou seja, da alma. É o que já buscavam os estoicos quando mencionavam uma espécie de alma do mundo, de fogo animado.

---

5. Giordano Bruno, *Des liens*.

Com Bruno, a pesquisa se volta para a exploração do possível significado de 'vácuo' e, principalmente, de 'vácuo infinito'. Com efeito, ser o universo infinito acaso significa que os mundos que ele abriga são também infinitos? Não, eles são partes finitas do infinito do universo, e então o infinito do universo não é totalmente infinito, uma vez que contém partes finitas[6]; Deus apenas é essencial e perfeitamente infinito; mas o que torna as partes finitas capazes de entrarem no jogo do universo infinito são os vínculos que unem essas partes ao universo e, dentro dessas partes, os vínculos que unem os elementos entre si. Aqui, o vácuo, ao invés de separar, suscita a unidade. Uma unidade não hierarquizada, não 'globalizada', e sim harmonizada graças ao vínculo. Para os estoicos, como vimos, o vácuo no interior do mundo impediria o fogo vivo de circular. Com Bruno, é o contrário: para que o vínculo funcione, é preciso haver vácuo para que existam um vinculador (*vinciens*) e um vinculável, é preciso haver o não vinculável e todo tipo de vinculação. O infinito desse vácuo que é o espaço do universo dá então a impressão de se aparentar à *chora* platônica[7] (e não só dessa vez Bruno iria referir-se a

---

6. Giordano Bruno, *De l'infini de l'univers et des mondes*, Dialogo primo, 17: "Digo que o universo não é totalmente infinito, porque cada uma de suas partes é finita, e porque é finito cada um dos incontáveis mundos que ele contém. Digo que Deus é totalmente infinito porque cada um de seus atributos é infinito".

7. Platão, *Timée*, 49c-50 d, Les Belles Lettres, trad. fr. de A. Rivaud, 1963.

Platão, opondo-se assim a Aristóteles): substância fluida, nutriz, que envolve todas as coisas do mundo, oposto absoluto do *lugar* de Aristóteles. Vácuo infinito entre as partes do mundo e entre os mundos, o vácuo é assim condição para a profusão incontável.

Porém, a infinitude do universo e a possibilidade de que haja realmente vários mundos dentro dessa infinitude são proposições que não são comumente aceitas. Se já era difícil acolher o heliocentrismo de Copérnico, e se era rejeitado o movimento da Terra de Galileu, o que dizer do sistema de Bruno, que, a essas duas provocações, ainda vem acrescentar a pluralidade dos mundos num universo infinito! É uma heresia, ou mesmo várias heresias dentro de uma só. A tese é refutada e Giordano Bruno é condenado à fogueira. O infinito se afasta. O mundo torna a ser único.

Passagem ao especulativo

É esse, sem dúvida, o momento em que a busca por hipóteses sobre a conformação do céu, do universo e *do* ou *dos* mundos se cinde em duas: de um lado, as teorias físicas – propriamente matemáticas – e cosmológicas, baseadas em observações fatalmente limitadas; de outro, as teorias filosóficas. A filosofia já não trata mais da *realidade* dos dispositivos cosmológicos, demasiado incertos, demasiado controlados por uma teologia desconfiada e inquisitorial; o problema passa a ser percebido tão somente pelo ângulo especulativo. (O próprio

Descartes, julgando sua fábula incapaz de burlar a Inquisição, adiaria a publicação de *Mundo* e esperaria um momento mais propício à difusão de suas teses.)

Esse movimento parece perpetuar a separação que mencionamos anteriormente a respeito de Aristóteles. Tínhamos isolado duas séries de argumentos: uma de ordem física e outra, metafísica; a segunda série é que agora prevalece. Como se, perante a impossibilidade de escapar deste mundo fechado e tão bem encadeado a si mesmo, restasse apenas uma saída, apenas uma porta e nenhum lado: a criação de mundos especulativos, cuja realidade substancial reside no pensamento e, mais especialmente, no pensamento de Deus. O que então subsiste dessa unicidade ou infinidade de mundos é sua *possibilidade*. Com efeito, em termos de possíveis é que se coloca, nos séculos XVII e XVIII, a questão dos outros mundos. São hipóteses que assumem eventualmente uma aparência de teoria física, mas que, na realidade, são discussões teológicas sobre o poder ou a vontade infinita de Deus. Desprovidos de qualquer certeza, os outros mundos são evocados a título de ficção, tal como relata o *Mundo* de Descartes ou como, em contrapartida, concebe Roberval em seu *Aristarco*. Turbilhões, animismo: as hipóteses se equivalem, tornam-se críveis não pela observação, deixada para os geômetras e físicos, e sim por sua coerência e sua capacidade de compor um sistema. Em paralelo aos princípios geralmente aceitos – tais como o lugar central do Sol, a redução dos orbes celestes, a imensidão do universo –, permanece a discussão sobre o poder de Deus e sobre nossa capacidade, ou não, de vislumbrar seus desígnios: se Deus possui um poder infinito, por que então se limitou a um único mundo? Além disso, se o poder de Deus é absoluto, infinito, qual é a natureza desse poder, e será que podemos concebê-lo ou mesmo imaginá-lo?

É justamente em nome dessa onipotência divina que Descartes propõe um jogo ficcional, uma fábula, que se assemelha a um roteiro do impossível. Imaginemos, diz ele, um demiurgo construindo o mundo:

> Pois permitam, por um breve espaço de tempo, que seu pensamento saia deste mundo e venha ver outro, bem novo, que farei surgir em sua presença nesses espaços imaginários[8].

O que faria esse demiurgo? Criaria um mundo em tudo semelhante ao nosso (o 'verdadeiro' mundo). Com efeito: "suponhamos que Deus crie ao nosso redor tanta matéria que, qualquer que seja o lado para onde se estenda nossa imaginação, já não perceba nele nenhum lugar vazio"[9]. Com que, então, seria preenchido esse espaço? Com uma matéria que "também preenche o grande espaço em meio ao qual detivemos nosso pensamento".

---

8. René Descartes, *Le Monde* [*O mundo ou o tratado da luz*], capítulo VI: description d'un nouveau monde et des lois de la matière dont il est composé [descrição de um novo mundo e das leis da matéria que o compõem], Le Sevil, 1996.

9. Ibid.

Fingindo fingir que é possível criar um novo mundo, Descartes demonstra que só existe um mundo verdadeiro, que não pode ser diferente deste, e que se Deus ou algum demiurgo tivesse de reinventá-lo, não poderia senão repetir o que já existe; a hipótese de uma pluralidade se fecha tão logo se abre sobre a unicidade do modelo. O possível se alinha com o existente, não há nada possível além, ou afora, daquilo que é; tudo o que era possível foi realizado, e continua sendo, embora o que está criado já ocupe inteiramente o espaço do mundo e não haja nenhum espaço vazio. Não há nada que Deus não tenha podido ou querido realizar e tenha deixado na incapacidade de ser. A perfeição de Deus é tal que nada escapa às leis estabelecidas por ele, e não há espaço algum onde qualquer outra coisa possa surgir. Embora o infinito seja de fato uma realidade, e embora nosso mundo seja de fato infinito, esse infinito, no entanto, está repleto de matéria e é gerido por leis eternas de modo a compor um só e único mundo, o 'verdadeiro' mundo.

Seria o caso de achar que acaba aqui nosso projeto de buscar as teses sobre a pluralidade dos mundos, e que a última palavra foi dita por Descartes. Contudo, ao mesmo tempo que fecha o capítulo "outros mundos" com uma negação, o filósofo abre um novo registro: o da fábula enquanto suporte do possível. Melhor ainda: enquanto instrumento heurístico. 'E se...'. E se existisse um outro mundo, e se as coisas não tivessem acontecido assim, e se eu fosse um outro num outro mundo, não exatamente o mesmo, mas ainda assim... Reencontramos aqui a palingenesia antiga, não mais como crença, mas como instrumento especulativo. A fortuna das teses sobre a pluralidade percorre, de fato, estranhos caminhos; as hipóteses parecem chegar a um impasse, e então renascem sob outra forma. Conduzem seu autor à fogueira, disfarçam-se para burlar as interdições, mas, no caso de Descartes, fecham-se sobre a unicidade para encontrar outra forma no pensamento leibniziano.

CAPÍTULO 3
O UNIVERSO DOS MUNDOS POSSÍVEIS

Os 'mundos possíveis': a expressão é indefectivelmente ligada à obra de Leibniz. Com ele, mudamos o regime de pensamento acerca do universo e dos mundos. Já não se trata de estabelecer o mapa do céu, nem de se ocupar com a marcha dos astros, nem tampouco de descrever a formação do mundo e o estado da matéria. Duas instâncias ocupam o espaço teórico no que diz respeito ao mundo: o infinito e a fábula. Duas instâncias, com efeito, pois mais do que conceitos são linhas de força – teóricas, mas também práticas – que permeiam a reflexão. Iremos segui-las aqui, tentando considerá-las tão somente pelo ângulo de seu aporte à teoria dos mundos possíveis.

A INFINIDADE DOS MUNDOS

Uma infinidade de mundos cerca o nosso mundo real, aquele que percebemos e no qual vivemos. Por quê? Porque o próprio criador de todas as coisas, Deus, é 'infinitamente infinito', e porque em suas ideias existem infinidades de universos possíveis. Tais universos são coerentes, 'pensáveis', mas apenas um deles existe: o nosso. Isso porque, ao compará-los entre si na infinidade de suas combinações infinitamente infinitas, Deus escolheu a melhor combinação para lhe dar existência.

> A sabedoria de Deus vai inclusive além das combinações finitas, que ela transforma numa infinidade de infinitas, ou seja, numa infinidade de continuações possíveis do universo, cada uma delas contendo uma infinidade de criaturas[1].

Tal é a proposição primeira do 'melhor dos mundos possíveis'. Como se vê, temos aí muitos infinitos, e não poderíamos compreendê-los sem atentar para o fato de que eles não estão situados no mesmo nível e não dependem das mesmas definições. As combinações finitas, por exemplo, podem ser em número imenso, até infinito, mas trata-se aí de uma infinidade 'extensiva', não absoluta, que implica numa espécie de contradição (não existe número in-

---

1. Gottfried Wilhem Leibniz, *Essais de Théodicée* [Ensaios de Teodiceia], Paris, GF Flammarion, 1969, § 225.

finito). Mas a infinidade de infinitos, que Deus simultaneamente desenvolve e envolve, é de outro tipo: é intensiva; se a primeira espécie de infinito é uma grandeza, a segunda é incomensurável: reside na infinita capacidade de abarcar, de compreender todas as combinações possíveis que "a sabedoria divina [...] distribui em sistemas universais que ela compara entre si"[2].

Todos os mundos ou sistemas universais possíveis estão, portanto, no pensamento (e na sabedoria) de Deus; embora sejam absolutamente ordenados e inteligíveis, não são perfeitos, permanecendo, contudo, na condição de possíveis. A possibilidade então se enuncia como negatividade – ela designa tudo o que, não sendo o melhor, não foi escolhido por Deus:

> A sabedoria de Deus, não satisfeita em abarcar todos os possíveis, penetra-os, compara-os, avalia uns em relação aos outros [...] e o resultado de todas essas comparações e reflexões é a escolha do melhor entre todos esses sistemas possíveis[3].

É um erro, porém, colocar essa proposição no passado: o tempo é abolido para o pensamento dos mundos; o pensamento combinatório é eternamente presente, pesa e compara ao infinito os sistemas universais dentro do tem-

---

2. Gottfried Wilhelm Leibniz, *Essais de Théodicée*.
3. Ibid.

po. Esse tempo infinito não tem passado nem futuro, é um eterno presente que, segundo a definição sugerida por Leibniz, é concebido enquanto intensivo, e não extensivo. A todo momento – momentos que, para nós, são contados e medidos –, dá-se a escolha divina entre os mundos, como uma reflexão sempre em movimento, um filtro que retém o melhor e deixa de lado os mundos menos perfeitos. A sequência de reflexão e comparação é crucial: permite separar os mundos possíveis do mundo real, este no qual vivemos.

Tal dispositivo permite compreender que os possíveis estão, na verdade, sempre presentes, como uma profusão de mundos em competição, existindo no pensamento de Deus sem serem conhecidos por nós, a não ser pela tênue intuição de que poderia haver algo em torno daquilo que chamamos de realidade. Conhecimento, ou melhor, percepção confusa, indistinta, de um infinito de outros mundos do qual podemos ter uma 'representação' aproximativa quando observamos um corpo em detalhes:

> Toda porção de matéria pode ser vista como um jardim cheio de plantas e como um açude cheio de peixes, mas cada ramo de cada planta, cada membro do animal, cada gota de seus humores é mais um jardim e mais um açude[4].

---

4. Gottfried Wilhem Leibniz, *La Monadologie* [Monadologia], com ensaio e notas de Clodius Piat, Lecoffe, 1900, § 67.

Assim como podemos imaginar, ao infinito, mundos particulares em cada mínima porção de matéria, podemos também imaginar esses mundos imensos e inumeráveis que nos cercam.

Podemos qualificar esses mundos infinitos possíveis como existentes? Sim e não. Sim, porque eles existem em Deus; não, porque não existem para nós. Essa existência, que é a do nosso mundo, Deus não lhes concedeu. O que não significa que eles não a tenham de forma absoluta, ou seja, abstrata, conceitual, no âmbito da inteligência divina: dessa existência abstrata separada da outra, concreta e mundana, vem a ideia de uma existência virtual. A virtualidade adentra nosso universo intelectual com os mundos possíveis de Leibniz.

Existência virtual

O virtual, a existência virtual, não é, porém, uma invenção do autor dos mundos possíveis. Aristóteles, notadamente, antecipou-o nesse aspecto. A teoria da ação, do movimento, admitia um estado anterior à realização final; para essa teoria, o poder de fazer precedia o fazer. A ação era possível antes de ser efetiva. Aristóteles chama essa possibilidade de 'potência', *dynamis*; ao se desenvolver, torna-se atualização, *entelékheia*. Da mesma forma, para fazer um movimento (*kynesis*), é necessário ter capacidade para tanto e, depois, executá-lo (*energeia*): o par *kynesis/energeia* corresponde assim ao par *dynamis/entelékheia*. Observa-se então que é exigida uma certa qualidade – uma capacidade para fazer, uma potencialidade – tanto do sujeito que age como da matéria que sofre a ação. A pedra está em potência de se tornar um muro, o escultor está em potência de esculpir a pedra e o gramático, de fazer uma gramática. Sempre é possível desenvolver esse potencial até a sua realização: uma escultura, uma gramática. Mas esses são atos externos à potência em si: é da sua natureza ter de se exteriorizar para ser reconhecida enquanto tal. A potência de ver permanece letra morta enquanto não é vista. Pode haver, portanto, para Aristóteles, uma latência, um sono da potência que desperta o gesto apropriado. Nesse sentido, pode-se dizer que o monumento está potencialmente no mármore e a gramática, no gramático, mas que o advento de um ou de outro não depende da necessidade, o que preserva a liberdade do escultor ou do gramático: ambos são livres para não esculpir ou para não fazer uma gramática. A potência que eles possuem interiormente – sem empregá-la na ação – permanece, então, dentro deles como virtualidade. Será esta a forma de potencialidade colocada em Leibniz? Estaria a potência oculta nas coisas como que esperando poder se manifestar lá fora? Segundo essa visão, matéria e forma seriam, ao mesmo tempo, distintas e vinculadas. Ora, em Leibniz, o movimento de recuo especulativo se torna inevitável: o possível muda de regime, desaparece dos mapas e da topografia, seus caminhos estão alhures, na arquitetura interna das ideias.

Mônadas

Seja potencialidade ou virtualidade, a relação que une os possíveis à existência é, em Leibniz, totalmente renovada. Já não se trata de uma potência tendo de ser atualizada de fora para dentro por um sujeito, mas de uma força interna, e imanente, das substâncias individuais.

Deixamos o sujeito individual e sua identidade (o gramático que atualiza, ou não, sua capacidade de fazer uma gramática) por um substrato dotado de uma potência autoprodutora, de um poder de desenvolvimento que não se distingue de seu ser, e mais ainda: que faz com que ele seja o que é. Retomando os diversos sentidos da substância em Aristóteles (*Metafísica*, livro I), Leibniz, com efeito, transforma a substância que 'é o que é' (τι εστι) numa individualidade (το δε εστι) singular, que traz em si todos os atos e pensamentos que irá desenvolver (ou desdobrar) no tempo:

> Cada substância singular expressa todo o universo à sua maneira e em sua noção estão incluídos todos os seus acontecimentos, com todas as suas circunstâncias e toda a sequência das coisas externas[5].

Leibniz dá o nome de 'mônada' a tal substância individual, cuja noção revela ser 'completa': não lhe falta nada,

---

5. Gottfried Wilhem Leibniz, *Discours de métaphysique* [Discurso de metafísica], § IX, texto e comentário de P. Burjelin, Paris, Puf, 1959.

ela tem tudo que precisa para se desenvolver por si própria; percebe o mundo, de que é o espelho, de forma distinta ou confusa, conforme o grau de distanciamento ou de complexidade das coisas. Trata-se de uma entidade dinâmica que abarca, em sua noção, a simultaneidade das percepções diversas que a afetam, assim como sua sucessão pelo tempo de sua existência. Tal concepção da potência enquanto força portadora da quididade de uma substância individual alia, assim, numa mesma 'fórmula', o individual ao universal e o possível à necessidade.

O individual e o universal, uma vez que a mônada, singular, é única, mas não sozinha. Toda substância simples e completa que vive no mundo é concebida da mesma forma: existe uma infinidade de mônadas concebidas segundo o mesmo modelo, e a lei que as move interiormente, sendo igual para todas, faz com que se acordem entre si para produzir o mundo harmonioso que conhecemos. Não que elas se entendam por alguma espécie de contrato ou compromisso, e sim por uma lei necessária, ancorada no próprio cerne de seu princípio constitutivo.

O possível e a necessidade, pois, embora sejam necessários o princípio que as fundamenta e a lei interna que as rege, pode acontecer de a força interna não se manifestar e permanecer em forma de tendência ou apetite. Em compensação, pode também acontecer de a substância individual se pronunciar segundo sua noção interna completa: cabe à noção de César atravessar o rio Rubicão, e ele o atravessa, mas pode ser que haja um mundo em que César não o atravesse: "O que acontece [...] é garantido, mas não é necessário, e se alguém fizesse o contrário, não faria nada que fosse impossível em si, embora seja impossível que isso aconteça"[6]. Esse mundo em que César não transpõe o Rubicão é absolutamente possível, pois não apresenta nenhuma contradição em si; contudo, não corresponde, não é *compossível* com a ordem do universo tal como ela se manifesta atualmente.

Reencontramos aqui, só que de outra forma, o problema tratado por Aristóteles em *Sobre o Órganon*[7]: o dos futuros contingentes. Com os futuros contingentes, estamos diante de casos singulares, em que não se pode afirmar que uma coisa será ou não será, mesmo que, necessariamente, uma das duas alternativas aconteça.

> Necessariamente haverá amanhã uma batalha naval, ou não haverá. Mas não é necessário que haja amanhã uma batalha naval, como tampouco é necessário que não haja. Com efeito, que haja ou que não haja uma batalha naval, isso é que é necessário. Pois uma das duas proposições contraditórias deve necessariamente ser verdadeira e a outra, falsa, mas qual delas? Isso não se sabe.

---

6. Gottfried Wilhem Leibniz, *Discours de métaphysique*, § XIII.
7. Aristote [Aristóteles], *De l'interprétation* [Da Interpretação], 9, 19b: "L'opposition des futurs contingents" [A oposição dos futuros contingentes], Organon, nova trad. fr. e notas J. Tricot, Vrin, 1977.

Estamos diante de um vácuo lógico, o inconcebível vácuo cuja existência Aristóteles refuta e que aparece aqui, no cerne das categorias, enquanto espaço sem determinação, sem verdadeiro ou falso, sem vetor.

A diferença entre o tratamento lógico dos singulares contingentes por parte de Aristóteles e o do possível por parte de Leibniz é que este último leva em conta uma série de acontecimentos que decorre da realização de uma das duas alternativas, série esta que está inscrita no plano de conjunto do universo. A liberdade de escolha individual deve, aqui, se aliar à determinação global desejada por Deus, o que só é possível se enveredarmos pelo plano metafísico, abandonando a lógica *stricto sensu*: é porque a mônada é uma entidade autônoma, uma substância individual, obediente ao princípio da harmonia universal, que a escolha do futuro contingente pode ser, a um só tempo, possível e, no entanto, necessária. Já a resposta lógica deixa o problema tal qual, marcando passo, de certa forma, ante a impossibilidade de reduzir – ou trazer de volta – o possível à necessidade.

ONDE VOLTAMOS AO MUNDO ÚNICO

Assim, neste mundo, César pode decidir ou não decidir, mas uma das alternativas se dá no mundo existente e a outra, num dos mundos possíveis mantidos fora da existência (mundos virtuais, portanto) no pensamento de Deus. Logo, existem mundos em que César não transpôs o Rubicão, ou transpôs tarde demais, ou nunca chegou até o Rubicão, mesmo em se tratando do mesmo César, com a diferença de poucos detalhes. Mundos 'paralelos', cada qual com seu César (alternos), existem de fato no pensamento de Deus, inteligência infinita e perfeita do universo. A *compossibilidade* torna-se então, nesse dispositivo, o instrumento de separação entre o que existe atualmente para nós e o que existe a título de possibilidade para além do nosso mundo.

Essa nova ferramenta não é uma ferramenta lógica, e sim ética e metafísica. Em outras palavras, o possível e o existente não se opõem no plano lógico (como era o caso em Aristóteles), nem no plano físico (como era o caso em Descartes, para quem era impossível que outro mundo – sujeito a outras leis físicas que não essas, inteligíveis, que conhecemos – existisse), mas se opõem num plano moral: o que é apenas possível não é tão bom como aquilo que está aqui. Pois o que está presente no universo foi escolhido entre todas as combinações por oferecer uma harmonia de conjunto: tudo nele é *compossível*, todas as partes se sustentam umas às outras.

Assim, necessidade e possibilidade coexistem, mas não de maneira igual para os mesmos mundos, nem para os mesmos indivíduos: de um lado, princípios e leis regem o conjunto (a infinidade dos mundos atuais e possíveis) de acordo com uma necessidade superior que separa o necessário e o possível; de outro, necessidade e possibilidade coexistem simultaneamente no cerne de um mesmo mundo – o nosso –, a necessidade sob forma de princípios e leis gerais dando ensejo a proposições idênticas, e a possibilidade sob forma de contingência ou necessidade *ex hypothesis* (César decide livremente desenvolver seu próprio conceito, ou seja, transpor o Rubicão). Trata-se, para ele, de uma livre decisão, de um evento; e, para Deus, de um desdobramento necessário do conceito de César, que torna 'César tendo transposto o Rubicão' integrável ao mundo tal como ele o criou. Dois pontos de vista, dois estilos de necessidade, uma delas chamando-se, para nós, *événementielle* – a que nos cabe enquanto indivíduos – e a outra nos sendo idealmente compreensível, mas de fato permanecendo obscura, uma vez que se situa no infinito da visão de Deus que só podemos intuir, sem realmente sondar.

Embora, para Leibniz, haja uma legítima revolução e complicação dos polos do possível e do necessário, do individual e do universal que passam a constituir entidades ambíguas e de duplo sentido – a distinção entre real e virtual exigindo um conceito como *compossibilidade* para que se bloqueiem mutuamente –, o resultado, tal como em Aristóteles e Descartes, é o mesmo: *só existe um mundo real*. Com efeito, embora nada impeça

> que haja no universo animais semelhantes àquele que Cyrano de Bergerac encontrou dentro do sol; sendo o corpo deste animal uma espécie de fluido composto por uma infinidade de pequenos animais capazes de se submeterem aos desejos do grande animal, o qual, desta forma, se transformava num instante como bem lhe aprouvesse[8],

---

8. Gottfried Wilhem Leibniz, *La Théodicée* [A Teodiceia], § 343.

esse estranho animal não tem lugar em nosso universo, uma vez que não atende a nenhuma das leis que regem os movimentos e são idênticas para todos os seres vivos. Um mundo em que vivesse tal animal seria 'incompossível' com o nosso.

Escolha e exclusão pelo viés da compossibilidade, ou de seu contrário, são os braços armados de Deus. Um mundo possível é promovido à existência ou privado dela, segundo um princípio ético de perfeição: o melhor é que é desejado, e o que é melhor não pode ser 'diferentemente melhor'. Ao mesmo tempo, mesmo sendo excluído o menos perfeito, abre-se, dentro/paralelamente ou através do melhor, todo *um espaço de imperfeição*.

Um mundo único, mas a fábula

O caminho que trilhamos, acompanhando as hipóteses sobre a unicidade ou pluralidade dos mundos, nos mostra um mundo – o nosso – sempre sozinho, sempre único; nós o habitamos de forma exclusiva, e sua realidade nos é evidente, familiar. Aristóteles, Descartes ou Leibniz nos deixam uma curiosidade insatisfeita: o que fazer com os espaços infinitos, vazios, prontos para acolher outras formas? Proibir sua existência? Vimos, no entanto, de que forma esses espaços podem abrigar os possíveis que já deixamos e ainda estamos deixando a todo momento para trás (modo incongruente de falar, em se tratando de espaços que não possuem frente nem trás, alto nem baixo!).

Ante essas interdições reiteradas, esse fechamento, subsiste porém uma via de escape: a *ficção*. Cada uma das teorias filosóficas que acompanhamos encontra nela, em diferentes graus, uma saída de emergência para o enclausuramento num mundo único. A realidade é invadida pela atividade poética que a transforma (Aristóteles, *A Poética*), o sonho vem insuflar novas ideias ao filósofo adormecido (Descartes), e a ficção parece ser, para Leibniz, portadora de expressivas arquiteturas. E, com efeito, se a realidade pode dar ensejo a proposições necessárias, a raciocínios bem articulados ou a descrições verificáveis, o que pertence ao possível requer, para ser apreendido, outras formas de pensar e outras ferramentas. Como falar desses mundos que existem em pensamento, mas não na realidade, ou mesmo como evocá-los, dizer algo sobre eles, representá-los?

Pensamos imediatamente, sem dúvida, que essa é uma tarefa para a imaginação, graças à qual escapamos ao nosso mundo de realidades limitadoras e recorremos a mundos justamente chamados de imaginários, sem especificar muito seu *status* ou composição. Zonas de sombra da consciência, 'mistérios' da natureza ou espíritos das divindades estariam, assim, ao alcance dessa faculdade imaginativa. Esta é, porém, uma generalização que não diz nada sobre os processos de investigação ou sobre espaços sugeridos, os quais permanecem tão indefinidos quanto. E mesmo que se especifiquem as formas assumidas por esses mundos imaginários e os meios de aceder a eles – o conto, a fábula, o romance enquanto gêneros literários; a metáfora, a alegoria e as outras figuras do discurso enquanto ferramentas da narração –, essa operação não parece suficiente para dar conta do possível e dos seus mundos. O imaginário – pelo menos tal como é comumente evocado – decerto não é a chave que permite aceder a ele. O mundo 'aberto pela arte', para usar a expressão consagrada, permanece bastante vago, ou mesmo inexistente, se não fizermos um esforço para construir sua própria possibilidade.

A ficção, instrumento dos possíveis

Ora, a ficção, na medida em que é descrição do possível, parece estar apta a fornecer um ponto de partida para essa construção. Leibniz lhe dá realmente um lugar de destaque e lhe atribui um papel de conhecimento, uma forma de exploração, ou mesmo uma heurística[9]. Não se trata, para ele, de mera ilustração de um raciocínio abstrato, um suporte para a pedagogia ou a persuasão, mas de um modo específico de *perceber* e *dar a perceber* que seria, de certa forma, paralelo ao modo de *conceber* propiciado pelo entendimento.

Enquanto via de escape do único mundo que realmente existe, a ficção propõe pontos de vista que a experiência não nos oferece espontaneamente; em outras palavras, a

---

9. Cf., a esse respeito, o artigo de Paul Rateau, "Art et fiction chez Leibniz", *Les cahiers philosophiques de Strasbourg*, 2004, n. 18.

ficção é artefatual e, enquanto tal, possui suas regras, suas limitações, sua área de aplicação. Assim se delineia uma via de conhecimento que tem por alvo os mundos 'possíveis', conhecimento ao qual é atribuída a tarefa de descrever esses mundos. "Quando digo que existe uma infinidade de mundos possíveis, quero dizer que não implicam em contradições, tal como se podem escrever romances que nunca existem e que são, no entanto, possíveis."[10] A arte e a ficção são maneiras de realizar possíveis, imaginando-os: não são nosso mundo atual, este em que vivemos, mas tornam perceptíveis, ao 'expressá-los', os mundos que Deus deixou de lado porque não eram os melhores. Nesse sentido, 'expressar' é o conceito-chave da ficção; expressar é traduzir numa linguagem inteligível para nós uma realidade que nos é profundamente obscura: os mundos que vivem no pensamento de Deus. Essa tradução só pode ser um *analogon*, um equivalente debilitado em relação à realidade que pretende dar a entender. Imaginar um desses mundos, fatalmente parcial, significa 'esboçar uma aparência imperfeita da sabedoria divina'. Enquanto tal, a ficção é para Leibniz um útil contraponto à inteligência abstrata, uma maneira de entrar em contato, de forma mais sensível, com os mistérios do mundo. O romance (por exemplo) torna-se, assim, uma espécie de equivalente do mundo, criando um universo não exatamente igual ao nosso, mas suficientemente

---

10. Carta de 20 de outubro de 1712, citada por Paul Rateau, "Art et fiction chez Leibniz".

próximo para que o leitor tenha acesso a ele. O gênero narrativo não admite, com efeito, nenhuma contradição interna, sua lógica respeita as leis que governam o entendimento, já que de outro modo seria ininteligível para o leitor[11].

Próxima de nossa realidade, portanto, mas deslocada em relação a ela, a descrição romanesca assume, nessa defasagem, os diversos pontos de vista que a compõem. A ficção expressa assim – se essa expressão for de fato a tradução intensiva de uma forma em outra – a pluralidade dos pontos de vista na forma perspectiva da narração. Suas descrições oferecem uma imagem desses outros mundos que, se não existem de fato, não deixam de existir no pensamento de Deus. Imagem não completa, obviamente, mas suficientemente expressiva para que vislumbremos, através dela, a grandeza (o esplendor, às vezes) do intelecto divino. Além disso, deve-se acrescentar que, enquanto imagem 'expressa' num objeto real (o romance escrito, publicado e lido), a ficção pertence a vários mundos: este em que ela se enraíza e se torna uma coisa-desse-mundo na forma de um livro, e aqueles que ela evoca enquanto possíveis.

---

11. Do mesmo modo, Aristóteles, na *Poética*, contém o verossímil dentro dos limites da *doxa*: a ficção não pode extrapolar o credível, "preferir o impossível verossímil ao possível não credível" (*Poétique* [Poética], 1634a). E é a *doxa*, a opinião comum, que define, no fim das contas, a delicada questão do que pode ser o objeto da crença.

UMA CIÊNCIA DAS PERCEPÇÕES CONFUSAS: A ESTÉTICA

As percepções desenvolvidas pela imaginação, por mais impressionantes que sejam quando tomam forma numa obra de ficção, não deixam de ser confusas, imprecisas. Virada espetacular que devemos a Leibniz, essa própria confusão e essa obscuridade são elementos ativos de uma gnosiologia de outra espécie. Conhecimento de outra espécie, mas conhecimento assim mesmo: Leibniz dá um seguimento concreto (e imprevisto quanto aos seus efeitos) aos seus mundos possíveis.

Ao desenvolver o pensamento leibniziano acerca desses mundos fictícios é que Baumgarten instaura um autêntico domínio, cujo nome ele também cria: 'a Estética'[12].

---

12. Alexander Gottlieb Baumgarten, *Esthétique* [Estética], precedida de *Méditations philosophiques sur quelques sujets se rapportant à l'essence du poème et de la métaphysique* [*Meditações filosóficas sobre algumas questões da obra poética*], Paris, L'Herne, 1988. Na linhagem de um pensamento sobre os mundos da imaginação, outros mundos ou mundos possíveis, há que considerar igualmente Bodmer (1698-1783) com seu *Traité critique du merveilleux dans la poésie* [Tratado crítico sobre o maravilhoso em poesia] e Breitenger (1701-1776), *Traité critique de l'art poétique* [Tratado crítico de arte poética]. Para esses dois autores, a poesia e sua ferramenta privilegiada, a metáfora, não são meros ornamentos, e sim o autêntico caminho aberto pela imaginação entre mundo real e os 'mundos possíveis'. Assim, escreve Breitenger: "Todo poema bem inventado não é mais que uma história tirada de um outro mundo, de um mundo possível. Sua arte [a do poeta] não consiste apenas em dar um corpo visível a seres invisíveis, mas também em criar, de certa forma, as coisas que não possuem existência sensível, ou seja, trazê-las do estágio da possibilidade para o estágio da realidade". Cf. Pierre Grappin, *La Théorie du génie dans le préclassicisme allemand*, Paris, PUF, 1952.

Baumgarten, com efeito, é não apenas o criador do termo 'estética' – esse neologismo basta, de modo geral, para assegurar sua notoriedade, sem, no entanto, torná-lo digno de mais atenção –, como também aquele que traçou os lineamentos de um conhecimento que ele denomina 'inferior' e que se refere inteiramente às representações sensíveis – essas que construo do mundo segundo a posição de meu corpo. Tais representações, longe de serem claras, são obscuras e confusas. São, portanto, inferiores ao conhecimento claro. No entanto, obscuridade e confusão nem sempre se opõem à clareza e ao discernimento: uma percepção clara e precisa pode, às vezes, ser menos vívida que uma percepção obscura, e a intensidade pode pertencer a uma percepção confusa.

Inferior, porque sensível, esse conhecimento requer então uma ciência que o assuma integralmente; deverá, assim, haver uma lógica, uma filosofia, uma gnosiologia, uma arte (do belo) e também uma arte 'do *analogon* da razão'. O conjunto dessas ciências parciais constitui a Estética e se distingue pela fineza das ordenações que articula entre percepção e juízo, entre signos e coisas, e entre graus e nuanças das próprias percepções. Pode-se dizer que a estética é uma *ciência dos acessos aos mundos possíveis*. Ela tende a balizar, talhar e cultivar a passagem do possível para o real e do real para os possíveis, contribuindo assim para nos fazer compreender o mundo atual em sua totalidade, com sua 'heterocosmicidade', segundo o termo do próprio Baumgarten.

Está aí um ensinamento que aparentemente esquecemos. Pois embora a existência da estética se fundamente de fato na existência dos mundos possíveis que a imaginação do poeta nos dá a perceber, e a entrada dos mundos possíveis pela via de uma atividade como a arte seja mesmo um acontecimento teórico de monta, só guardamos desse acontecimento um frágil eco, na forma do estereótipo familiar: 'a arte abre um mundo'. Afirmação banal que pede hoje para ser revisitada, e isso pela perspectiva não de um, mas de vários mundos possíveis: a perspectiva de uma *heterocosmicidade*. Quer parecer, com efeito, que as hipóteses sobre a pluralidade e infinidade dos mundos vêm enfrentando a mesma sorte de outrora com o infortúnio de Giordano Bruno; pois, depois de terem sido apresentados como múltiplos, os mundos estão voltando à unicidade, os possíveis se reduzindo à possibilidade de um mundo outro, fictício e contingente, de que podemos sair a nosso bel-prazer e que parece não apresentar outro interesse senão o de distrair-nos por um momento da preocupação séria e legítima com a realidade do mundo real.

Contudo, esses possíveis estão mais presentes e tomam mais parte desta realidade do mundo real do que se poderia supor; em nosso dia a dia, por exemplo, vemo-nos cotidianamente em presença de várias possibilidades no que toca as diferentes atitudes a adotar acerca do estado do mundo. Elaboramos assim vários roteiros 'possíveis', ligados à real conjuntura em que nos encontramos. Apenas um deles será decerto realizado. Os demais permanecerão na condição de possíveis. Agimos, assim, como o Deus de Leibniz com seus mundos, com a diferença de que nem sempre escolhemos o melhor dos roteiros possíveis, uma vez que não possuímos o entendimento de todas as combinações, nem a visão de todas as consequentes decorrências. Assim, em geral, gerimos o duvidoso de perto, às vezes calculando o melhor ponto de vista e a decisão acertada, considerando nossos apetites e as circunstâncias, mas tendo por único guia, no mais das vezes, uma tênue intuição da diversidade.

Se assim se dá com nossas decisões e erros habituais, é contudo na atividade artística que essas atitudes proposicionais melhor se revelam. Com efeito, o que é uma obra senão o roteiro adotado entre uma infinidade de outros possíveis e não escolhidos? Processo esse que se estende pelo tempo de trabalho da obra, e até depois de sua conclusão – ou melhor, inconclusão. Um espaço de imperfeição, de impotência – rasuras, cortes, apagamentos e retomadas – envolve as obras, e esse mesmo espaço perdura com as sucessivas interpretações das peças, que constituem outros possíveis. Um exemplo significativo nos é dado pela 'improvisação' do jazz[13]: não é mais que um constante remanejamento dos temas já conhecidos, tocados e retocados numa repetição infinita e sempre diferente, como se o tema em questão nun-

---

13. Cf. o artigo de Christian Béthume, "Imiter, créer, improviser", in *L'Art du jazz*, éd. du Félin, 2009; e "De l'improvisation", *Nouvelle revue d'esthétique* n. 5, maio de 2010.

ca parasse de criar seus próprios possíveis. Parece, então, ser útil explorar essas atividades a fim de apreender qual o papel da pluralidade dos mundos em seus procedimentos, que tipo de acesso a ficção oferece aos possíveis, e como se operam as passagens entre as obras e os mundos plurais. Para tentar esse exercício, precisamos de instrumentos – um método e, praticamente, uma lógica, ou melhor: uma *ontológica*. É o que vamos procurar desenvolver na segunda parte desta pesquisa, dedicada ao que pode a arte nesse domínio.

SEGUNDA PARTE
ARTE E MUNDOS ALTERNOS

Este que é, aqui, o meu projeto – acompanhar as hipóteses sobre a pluralidade dos mundos e pesquisar se e como poderíamos aceder a esses universos plurais – depara-se no caminho com as proposições da Estética, na forma corrente e repetidamente utilizada 'a arte abre um mundo' e na forma, mais bem argumentada, das teorias da ficção e do imaginário. Costuma-se, com efeito, considerar o domínio das obras de arte como um domínio à parte, imune às leis da realidade cotidiana e às suas duras necessidades. Fantasia e leveza, ou horrores e tragédias extremas; adentramos um universo em que reina a imaginação. A ficção, portanto, estende suas volutas numa via paralela àquela que trilhamos diariamente e nos abastece com 'outros mundos'. Esses mundos, porém, povoados por seres imaginários, às vezes tão próximos da realidade que chegam a se tornar fantasmáticos, têm por única consistência essa que lhes emprestam a unidade de um romance, o tempo de execução de uma partitura, a interpretação de um ator ou o desenho de uma coreografia. Não podemos atribuir-lhes uma existência igual à que invocamos para nós mesmos. Essa ideia parece evidente; é praticamente consubstancial à ideia do que é a arte e do que podem ou não podem as obras. Não podemos, portanto, ir adiante em nossa pesquisa sem explicitá-la e testá-la face ao nosso questionamento: será possível o acesso aos mundos alternos, e será que a arte oferece meios para tanto?

Sem dúvida, é necessário em primeiro lugar questionar-se sobre esse propalado mundo 'aberto' pela arte. Com efeito, se 'a arte abre um mundo', é lícito perguntar: que mundo, ou que mundos? Um ou vários? De que gênero é esse mundo? Será possível qualificá-lo? Será, ou serão, subterritórios, espécies de domínios à parte dentro do todo da realidade, ou serão 'apenas' mundos possíveis? Em outras palavras, seriam domínios distintos da realidade do nosso mundo atual? Em seguida, caso possamos responder afirmativamente a essas perguntas – existem mundos, e esses mundos pertencem à arte, quer porque ela os abre, quer porque os invoca –, outras perguntas se sucedem: como reconhecê-los e como aceder a eles? Uma vez que se leve a sério a definição de arte enquanto 'abertura do(s) mundo(s)', teremos de ser capazes de descrever esses mundos, identificar seus elementos, esboçar as leis de sua composição, tratá-lo(s), em suma, como tratamos o mundo no qual vivemos. E caso optemos por uma exigência de construção – a arte demandando mundos –, precisaremos então encontrar meios de 'fazer esses mundos' para a arte.

Quanto à primeira pergunta – a abertura de um mundo –, teremos de explorar os temas da inefabilidade, do indizível, do além do real: tudo o que advoga um outro mundo no cerne do domínio da arte (Capítulo 1 – Do mundo 'real' ao mundo da arte).

Para a série de perguntas que se seguem, é à semântica dos mundos possíveis que iremos recorrer, uma vez que se tratará igualmente de colocar a questão de uma construção (Capítulo 2 – Os possíveis considerados enquanto uma das belas-artes).

E como irá terminar tudo isso, sobre que constatação? Será que a arte abre ou indica o caminho para os mundos possíveis, e de que modo? Ou seria este um álibi, a arte constituindo afinal um substitutivo, um sucedâneo de mundos impossíveis (Capítulo 3 – A arte enquanto álibi)?

CAPÍTULO 1
DO MUNDO 'REAL' AO MUNDO DA ARTE

Raros comentários críticos escapam a este clichê: 'a arte abre um mundo'. Assim, no instante preciso em que escrevo estas linhas, recebo uma mensagem acerca de uma exposição (de Jason Karaidros, mas poderia ser de outra pessoa). O texto começa com a expressão básica: "A obra [de Karaidros] abre um mundo". Com isso, estamos informados. A obra decerto é de arte, arte de verdade, uma vez que abre um mundo.

Podemos, é claro, perguntar ingenuamente: que mundo? E ouvir a resposta de que esse mundo aberto é o mundo da arte. O que pode significar, para além de uma tautologia demasiado óbvia:

1. Que existe um mundo particular (entre outros, sem dúvida) que seria um domínio reservado *da* arte e *para* a arte.

2. Que a arte, desde o seu próprio domínio (o mundo da arte), abre um outro mundo além desse em que ela própria reside (o mundo daqui, onde todos residimos).

Em outras palavras, o mundo 'aberto' pela obra se distingue do mundo no qual essa obra aparece e que é o mundo da arte. Situa-se além da realidade da obra materialmente presente. O mundo aberto pela obra ultrapassa o domínio próprio da obra e se projeta 'além'. Isso leva a pensar, de forma trivial, que as diferentes espécies de mundos 'abertos' não se situam num mesmo plano e podem competir um com o outro. Essa simples constatação permite vislumbrar que decerto não haveria um único e propalado 'mundo aberto pela arte', e sim uma pluralidade de mundos sobrepostos ou emaranhados. Constatação essa que leva também a nos perguntarmos se existe alguma hierarquia entre esses mundos, e qual deles abriria preferencialmente o acesso à transcendência atribuída às obras. Ou então, invertendo a pergunta, que arte privilegiada, portadora de seu próprio mundo, poderia servir para a abertura sobre *o* mundo?

Antes de mais nada, porém, o que se deve entender por 'mundo'? Por que recorrer à arte para explicitar suas características, o que esperar da arte neste caso e como resolver o paradoxo de um mundo (ou mundos) aberto(s) por uma determinada prática artística se, por outro lado, o 'verdadeiro' mundo é percebido como único? O que essa abertura estaria abrindo? E sobre o que ela opera? Responder a essa pergunta exige um desvio pela filosofia que carrega essa interrogação e alimenta boa parte dos discursos sobre a arte: a fenomenologia. Tornar clara uma análise desse tipo não é tarefa fácil, principalmente porque, no mais das vezes, quando se trata de falar da arte e das obras, a reflexão sugerida não declina seu nome e ignora suas próprias fontes. Outra dificuldade: esse tipo de reflexão conquistou um *status* oficial, a tal ponto que mexer com ela é um autêntico sacrilégio e introduzir outro tipo de discurso é tido como superficial, pragmático e 'anglo-saxão'. Arrisquemos, então, alguns passos nessa filosofia da arte que ocupa o lugar de evidência. Talvez obtenhamos alguma luz sobre o que significa, para a arte, abrir um mundo e, por aí mesmo, sobre a existência de mundos possíveis escondidos em algum lugar dentro, em paralelo ou por detrás das obras.

UMA FENOMENOLOGIA

'Mundo' e 'abertura' são dois termos que pontuam constantemente os escritos dos três filósofos[1] mais citados e explorados pelos estético-teóricos da arte, pelos críticos de arte e pelos próprios artistas. São termos que pertencem à

---

1. Husserl, Heidegger e Merleau-Ponty. O motivo por que me atenho a esses três filósofos é que suas obras foram aos poucos construindo a referência obrigatória de quem quer que pretenda falar sobre arte com algum ar de profundidade. Seus textos constituem, assim, uma espécie de reservatório ao qual recorrer ao sabor das necessidades da crítica.

linguagem da fenomenologia, e quando um crítico de arte ou um historiador os emprega está, no mais das vezes sem querer, prestando vassalagem ao tipo de teoria que constitui seu fundamento. O curioso, contudo, nessa atração dos exegetas pela fenomenologia é que o ponto de vista dos três autores é orientado para suas próprias construções teóricas e não visam em primeiro lugar às obras de arte; estas, em compensação, lhes fornecem uma mina de exemplos, aliás só de longe evocados. Cézanne apenas parece suscitar uma autêntica atenção por parte de Merleau-Ponty, e Hölderlin por parte de Heidegger[2].

Por que, então, poderão perguntar, recorrer aos temas e posturas da fenomenologia? Porque, por um astucioso e, parece-me, involuntário retorno das coisas, os críticos e artistas agem em relação ao reservatório de textos fenomenológicos da mesma forma que os filósofos agem em relação ao reservatório de obras depositadas no cabedal permanente da história da arte. De ambas as partes existe a confirmação: obras e textos se fortalecem mutuamente. Obtém-se, assim, uma teia apertada de referências cruzadas que serve como teoria. Tentemos, inicialmente, extrair alguns elementos das diversas definições de 'mundo' e 'abertura'.

---

2. Outros pares se formam igualmente para além do âmbito hermenêutico: Louis Marin e Poussin, Arasse e Kieffer, Lyotard e Monoury, Deleuze e Bacon etc.

Mundo e representações de mundo

'Mundo': a palavra, a coisa e seu uso para a "crença" comum[3] colocam uma série de perguntas bastante intrincadas que a fenomenologia se dedica a esclarecer, mesmo que para isso se arrisque à obscuridade... Para Merleau-Ponty, trata-se de um *leitmotiv* que não só abre as primeiras páginas de uma obra inacabada, *O visível e o invisível*, mas também é recorrente como a terra natal em que sua reflexão se enraíza. O 'mundo' de que fala o fenomenologista é a terra primeira – o corpo primeiro do qual faço parte, plantado qual cepo em sua matéria. Eu mesmo sou matéria, misturado a ele. Que o mundo seja aquilo em que acredito – como acredito numa terra natal, com uma 'crença' profunda, instantânea – e seja, ao mesmo tempo, aquilo que me escapa, escapa à minha apreensão direta e desaparece igualmente quando procuro apreendê-lo através da análise: tal é a contradição que se trata não de superar, mas, pelo contrário, de aprofundar até encontrar nela a diferença, própria da condição humana.

Assim, a Terra é o ponto onde eu me situo, onde me afirmo em minha posição de ser vivo no mundo, e o ponto a partir do qual posso me lançar rumo a outros territórios.

---

3. É este o termo de Merleau-Ponty para designar a opinião comum, ou *doxa*, uma espécie de intuição primeira, ingênua, da realidade deste mundo. Cf. Maurice Merleau-Ponty, *Le visible et l'invisible*, Paris, Gallimard, 1964. [*O visível e o invisível*, trad. José Arthur Gianotti e Armando Mora D'Oliveira, São Paulo, Perspectiva, 2007.]

Ponto de partida que é igualmente um ponto de vista, e que – medindo o afastamento necessário ao movimento – me dá a medida de um distanciamento em relação à "Terra que não se move"[4]. O texto de Husserl oferece aqui um suporte irrepreensível. A Terra é verdadeira Arca – como a arca da aliança – e também *archê*, 'origem', 'começo': "[...] ela é a arca que, primeiramente, torna possível o sentido de todo movimento e de todo repouso enquanto forma de movimento". Pois se o movimento é afastamento, esse afastamento deve possuir um ponto de referência do qual ele justamente se afasta, e que este ponto de referência fixo torna possível. Nesse afastamento (metade apego ao solo, metade sobrevoo acima dele), forma-se o sujeito, como que preso à linha de ruptura – Terra em seu conjunto/lugar de onde eu a vejo – ou, se preferirmos, na cesura ativa eu/mundo. Esse afastamento e esse ponto a partir do qual se forma o sujeito-eu são nascimentos comuns aos demais seres vivos, tidos como semelhantes. "Os outros morrem para mim caso eu não encontre a conexão presente com eles"[5]. O entrecruzamento dos pontos de vista (dos 'olhares', na linguagem fenomenológica) dá uma subjetividade ao meu olhar solitário. E, embora esse entrecruzamento não teça uma teia suficientemente apertada para inexistirem falhas, ausências ou furos, é lícito imaginar que ele oferece uma

---

4. Edmund Husserl, "L'Arche-originaire Terre ne se meut pas", in *La Terre ne se meut pas* [A Terra não se move], Paris, Minuit, 1989, p. 27.
5. Ibid., p. 28.

imagem boa o bastante da realidade e da consistência da teia, para a qual, justamente, tais ausências ou rasuras são necessárias. O caminho que vai do meu ponto de vista solitário à afirmação de que há um mundo e eu estou nele é, portanto, repleto de atalhos, reviravoltas, intermediários, pistas falsas. Os sujeitos, mais ou menos conscientes dessas peregrinações, custam a entrever os pontos de vista em seu conjunto, a inteireza da Terra, do mundo. De modo que a constituição do mundo representa "a necessidade última e absoluta" a partir da qual "todas as possibilidades imagináveis de um mundo constituído estão, afinal, por definir"[6]. Assim, esse mundo – este no qual vivemos – permanece único, sempre e assim mesmo um – e um só. Ele não é uma estrela em meio às outras na infinidade de estrelas distantes, invisíveis ao olhar, sobre a qual rastejamos por acaso. Se escapasse à necessidade que também torna necessário, a nós, seres vivos, existir em seu seio, o mundo não seria nem constituído, nem constituinte, e os demais mundos imagináveis, muito menos; pois caso eles existam – hipótese que podemos admitir enquanto tal –, dependem do único mundo real, aquele cuja presença atesta e garante nossa presença, e nos mantém cativos, imersos, quase reféns. "Os outros mundos possíveis são variantes ideais deste aqui."[7]

---

6. Edmund Husserl, "L'Arche-originaire Terre ne se meut pas".
7. Maurice Merleau-Ponty, *Le Visible et l'Invisible*, Paris, Gallimard, 1964, p. 278.

O que há neste mundo que o autoriza a ser único e relegar os demais mundos (possíveis) a seu *status* de variantes ideais? Sua 'realidade', poderiam responder, é sua disposição para ser percebido. A percepção é a pedra de toque de qualquer possibilidade de haver uma realidade do mundo. Mas se a realidade do mundo depende, em parte, da percepção, então o que é a percepção? Recoloca-se aqui a questão do ver, do visível e de seus limites recíprocos; em outras palavras, será que vemos tudo o que é visível? O visível (neste mundo) irá além da visão? Haveria algum visível que não enxergamos, ou, muito pelo contrário, algo invisível (um outro mundo) que é tornado visível em determinadas circunstâncias?

Determinadas circunstâncias? Chegamos ao ponto de junção entre as duas questões (ou âmbitos de questões) do mundo da arte. A arte seria uma dessas circunstâncias que permitem considerar uma relação particular entre o mundo percebido e aquilo que não aparece normalmente no que é, porém, percebido neste mundo.

A circunstância da arte

A arte daria a perceber de que modo o visível se apresenta a nós, ou seja, o que é o mundo; ela seria, portanto, o meio privilegiado para pensá-lo e falar sobre ele. Dentro e pelas obras é que o mundo se tornaria visível. Essa tese, evidentemente, pode não agradar aos artistas e aos seus críticos. Ela se alinha igualmente a uma filosofia do espírito para a qual a estética bem poderia ser o ponto de junção que une, ou até funde, obras humanas e pensamento do Ser[8].

Com efeito, ao tomarmos por eixo a percepção, teremos de enveredar pela análise da relação existente entre *sense data* e construção do espírito, entre dados brutos e conceitualização. Serão essas operações – a recepção passiva e a construção ativa – sucessivas ou entrelaçadas? Será possível, inclusive, separá-las em paixão/ação? Mesmo porque não se trata de um só ponto de vista praticado por *egos* solitários (o artista, o espectador), mas também de um terceiro: a obra enquanto intermediária obrigatória e *quase-sujeito*[9] que tem algo a dizer. A relação que se estabelece entre o mundo presente e as percepções de que ele é o alvo é a relação entre um eu-vidente e um mundo-visível, e entre outros eus-videntes e um mundo que se torna, assim, objetivamente visível para todos. Esses olhares cruzados suportam e afiançam um mundo coerente, raras falhas à parte. Mas a objetivação desses olhares, e, portanto, a coerência reforçada do mundo que eles sustentam, encontra uma forma ideal na obra de arte. Ela é que torna possível o reconhecimento da nossa morada: a Terra.

---

8. Não estamos, aqui, muito distantes do pensamento de Hegel, mesmo sendo ele só raramente evocado em reflexões deste tipo, para não dizer totalmente abolido ou até demonizado.

9. Mikel Dufrenne introduziu o conceito de quase-sujeito em sua *Phénoménologie de l'expérience esthétique* [Fenomenologia da experiência estética], Paris, PUF, 1953.

A relação com o mundo torna-se então multiforme, cada obra dentro da especificidade de seu suporte material, revelando um aspecto da trama, entre percebido e pensado. Operações essas que só podem se efetuar se vidente/visível, de um lado, e percebido/concebido, de outro, encontram-se dentro de um mesmo mundo, e irredutivelmente associadas a ele; são elementos 'ocos', espécies de raízes-hastes, por onde passaria o sentido do mundo para finalmente aflorar na superfície (a tela, o quadro, o texto, a partitura, a obra) e, por aí mesmo, tornar-se o externo visível, o exterior de um interior invisível. Percepção dos sentidos e sentido do mundo jogam, assim, o mesmo jogo, cujos fios trançados compõem um tecido conjuntivo difícil de desatar. É à profundidade desse tecido, à sua textura, que se dá o nome de 'carne'. E é essa profundeza invisível que a obra é chamada a iluminar parcialmente. Nesse caso, a abertura em questão se dirige não para um outro mundo, mas para este aqui mesmo. Se a arte abre alguma coisa, o que ela abre seria um dentro, mas não um puro dentro, alojado no mundo da superfície feito uma semente em seu invólucro, e sim um complexo de dentro/fora compondo uma polpa. Nesse sentido, a obra pictórica (uma vez que ela é que é privilegiada aqui) não é uma imagem, não representa objetos, nem um conjunto ordenado de objetos do mundo, dando antes acesso às diferentes formas de reconhecimento desses objetos, reconhecimento que passa pelo filtro conceitual e recompõe permanentemente suas posições, sua inter-relação, seus pontos de vista. Assim, a obra, longe de se referir a um mundo balcão de objetos em que ela buscasse seus motivos, o tem como a um suporte interno de sua própria exposição enquanto obra.

Sendo assim, o que é representado e 'feito quadro' não são os dados mundanos, e sim os diversos modos de relação entre um dentro (os modos invisíveis da percepção) e um fora (a exposição e a incorporação desses modos). O quadro, a obra, de modo algum representa o visível; em compensação, *apresenta visivelmente o fracasso de qualquer tentativa de representação do visível*, o que seria, ao fim e ao cabo, o destino da pintura, e quem sabe de toda arte, se fôssemos seguir a linha fenomenológica. Como exemplo de uma análise dessa reviravolta da representação em seu glorioso fracasso, um artigo de Louis Marin sobre Poussin:

> A ruína poussiniana não é uma arquitetura destruída de que o quadro exibiria os despojos. Ela é, no orgulho de sua presença [...], uma ideia de arquitetura, uma essência que se apresenta na forma de um vestígio[10].

... ou de uma ausência, pois são de fato a ausência e a presença dentro da própria ausência (e vice-versa) que constituem o *leitmotiv* sobre o qual se constrói a maioria dos dis-

---

10. Louis Marin, "Fragments d'un parcours dans les mines de Poussin", in *Sublime Poussin*, Paris, Seuil, 1995, p. 154. [*Sublime Poussin*, trad. Mary Amazonas Leite de Barros, São Paulo, Edusp, 2000.]

cursos sobre a arte, oscilando constantemente entre a psicanálise e a semiologia – tudo sustentado pelo fio da linguagem fenomenológica. Trata-se tão somente de questionar a própria pergunta. No entanto, a relação 'duvidosa'[11] entre o mundo em sua inteireza e a impossibilidade de uma representação não devolve a arte à sua vaidade, mas constitui a força motriz que impele a atividade artística a repetir-se incansavelmente. Nesse sentido, o inacabamento é a qualidade essencial reivindicada enquanto marca de autenticidade da própria pergunta, uma vez que o inacabamento assina o afastamento impreenchível entre o mundo e sua imagem. Assim, o afastamento entre dentro e fora, visível e invisível, torna-se cada vez maior, sendo esta a condição para a contínua renovação das obras a partir do negativo, ou 'ponto zero de referência', que é o invisível[12]. A pintura, ou qualquer outra obra de ficção que tentasse a experiência, esconde, tanto quanto parece mostrar, o avesso do mundo que habitamos. De modo que não é, contrariamente à hipótese inicial, dentro e por meio das obras – mais especificamente os quadros de pintura – que o mundo se faz visível. Muito pelo contrário, ele 'se invisibiliza' à medida que se aprofunda a assim denominada 'abertura'.

---

11. Maurice Merleau-Ponty, "Le doute de Cézanne", in *Sens et non sens* [Sentido e não sentido], Paris, Gallimard, 1996. A dúvida questiona a realidade da percepção em sua relação com o exercício do pintor, e nisso a dúvida cria teoria.

12. Maurice Merleau-Ponty, *Le Visible et l'Invisible*, p. 305.

O ABERTO, A ABERTURA

Embora a abertura e o aberto sejam temas frequentes na maioria dos discursos contemporâneos sobre a obra de arte, são temas empregados para teorizações muito diferentes, ou até opostas. Se seguirmos a linha fenomenológica, vamos nos deparar com aberturas 'verticais', em forma de abismo e, correlativamente, de 'salto'. Prolixos sobre a forma e o *status* dessa abertura, tanto Merleau-Ponty como Heidegger são muitíssimo menos prolixos sobre o que é encontrado quando se salta, se mergulha, sobre o que reside, enfim, no mundo assim aberto... Como contraponto, os semiólogos e filósofos analíticos concebem a abertura em forma de extensão, de modo horizontal, ou segundo a lógica dos mundos possíveis. Comecemos pela versão dos fenomenólogos: seja como for, é mais difundida que a outra.

O aberto profundo e vertical

Para os fenomenólogos, a abertura é vertical: abre-se sobre um abismo (o do Ser) e sobre uma ereção (a da obra), e permanece resolutamente aquém ou além de sua situação concreta, material, espaçotemporal. E porque nela a questão é a profundidade, a espiritualidade, porque nela a abordagem se coloca sob o regime da metafísica, é que ela causa impressão no público, sempre pronto a resvalar no sentimento religioso quando se trata de arte. Pouco importa, nesse caso, o ponto de partida atual e concreto: trata-se menos da atividade artística enquanto trabalho do que da reflexão suscitada pela arte em geral, reflexão que engendra, num círculo sem fim, o objeto no qual se exerce.

Quando Merleau-Ponty, por exemplo, fala em aberto e abertura, está falando em profundidade. O aberto não é um buraco, diz ele, e sim uma verticalidade, uma concavidade dentro do visível, uma dobra dentro da passividade; é um vazio, um invisível. E assim como há verticalidade no visível, há verticalidade no pensamento; essa verticalidade introduz nas estruturas um vazio que Merleau-Ponty pretende "plantar no visível"[13]. Vazio ou invisível são indissociáveis da profundeza a que a abertura dá acesso. O vertical é, portanto, a postura do profundo: a transcendência habita instantaneamente a profundeza, e nela se conjuga com a apreensão sensível das próprias coisas (o mundo) nas quais estou imerso e das quais faço parte.

Há uma espécie de 'obviedade' (será vertigem?) da profundeza e do vazio, à qual vem somar-se, a partir da reflexão de Heidegger, 'a obviedade' da origem. Verticalidade e profundidade, sem dúvida, mas por quê? Porque os dois conceitos são visadas da origem. É a origem, evidentemente, que se encontra no fundo e fundamenta – daria para imaginar a origem na superfície? – dentro da lateralidade.

---

13. Maurice Merleau-Ponty, *Le Visible et l'Invisible, notes de travail* [notas de trabalho], p. 284.

Não, pois toda ascendência é vertical e procede do fundo. Assim diz Heidegger. Com efeito, na medida em que não é nem sua manifestação material, nem a produção, nem a maneira e o trabalho do artista, nem a *ex-posição* pública que podem ser concebidos como autêntica origem, a busca deve se focar na essência, no essencial: a obra, naquilo que é por si própria. A produção, o comércio da arte, sua exploração organizada, e até mesmo o trabalho do artista, que não é mais que a condição de possibilidade para que a obra apareça: isso tudo é 'afazer' e não deve ser confundido com o ser-obra da obra. Quando muito, levar em conta as duas determinações que são a obra produzida pelo trabalho e a exploração organizada da arte significa "proibir-se qualquer olhar sobre o ser-obra"[14]. Ser indigno dele, de certa forma. Em contrapartida, Heidegger propõe ir-se diretamente à fonte, à essência da obra: em uma palavra, à sua origem.

A obra de arte erige a si mesma a partir de um fundo. Ou, mais precisamente: ela própria é o fundo que erige e causa a abertura na qual ela se instala. Toda busca significa ir da superfície até o fundo, a fim de trazer o fundo para a superfície, embora ambos, fundo e superfície, estejam intimamente ligados. Com efeito, mundo e obra, abertura e fundo dançam inexaurivelmente colados um no outro, como que num abraço mortal.

---

14. Martin Heidegger, *De l'origine de l'œuvre d'art* [Da origem da obra de arte] (1931), trad. Nicolas Rialland, Paris, Gallimard, 1962.

> A obra, pelo fato de ser obra, ou seja, de levar seu mundo a erguer-se de forma aberta, pela primeira vez obtém para si própria a ordem à qual se sujeita [...]; delimita a partir de si própria o local onde irá se erigir [...]. O mundo é então o que a obra, pelo fato de ser obra, instaura. Ele é o aberto que ela leva a se manter[15].

Voltamos então ao fundo, ao profundo: "o fundamento da necessidade da obra é sua origem", ou seja, a essência da arte. O que também significa: "a essência da arte enquanto prática da verdade é a origem da obra de arte". Porque participa da verdade, essa origem é verdadeiramente original, inatingível, sempre retraída e fechada sobre si mesma. Assim, o aberto, também e imperativamente, é fechamento, e o 'mundo aberto pela arte' nele se retrai como aquilo que sempre se esquiva.

O tema da abertura, embora tão pregnante, não conduziu aos mundos plurais, e a arte abriu tão somente seu próprio aprofundamento em forma de mundo. Não há nenhum exterior, nenhum escape além da essência da arte. Nenhuma paisagem milagrosa surgiu pela abertura daquilo que é aberto. Contudo, a questão ainda é o surgir, o surgimento, o evento que se instala, esse algo que advém e nunca acaba de advir. Temas e termos dessa filosofia da arte com ressonância fenomenológica também ocupam constantemente tanto o espaço da crítica como o discurso

---

15. Martin Heidegger, *De l'origine de l'œuvre d'art*.

dos artistas. Seguros por se encontrarem assim entre aqueles, privilegiados, que "tornam visível o invisível", segundo a expressão tantas vezes repetida, fazem seus esses estereótipos facilmente transportáveis. Assim, entre os incontornáveis *slogans*, e junto com o "invisível tornado possível" (Klee), encontramos "habitar enquanto poeta" (Heidegger) e, naturalmente, "abrir um mundo" (expressão curinga). Tudo o que ultrapassa, transcende, eleva, instaura, erige é próprio das obras de arte e estabelece os elementos verbais de uma semântica completada pelas qualidades que são o efêmero, o tácito, o invisível, o latente, o vazio, a rasura e o inacabado, e com os quais esse séquito se acomoda como pode.

O certo é que, para uma visão assim da arte e do mundo, há transcendência da arte e ordenação (ou desordenação) de um mundo transformado pela arte. O além é afirmado enquanto propriedade substancial das obras – sua marca de fábrica, poderíamos dizer –, assim como seu cabedal. Visão que confirma o registro do religioso a que pertence a arte, segundo uma tradição ocidental bem estabelecida. Visão que, por sua vez, é confirmada, constantemente resgatada pelos críticos que vão buscar nessa constelação semântica o necessário para alimentar seus discursos.

O aberto em extensão

Passemos para outro registro recorrendo a uma concepção extensionista, como esta sugerida por Umberto

Eco em *L'Œuvre ouverte*[16]. Trata-se de uma abertura por referências sucessivas, horizontal, por assim dizer. A abertura, para Eco, é a qualidade essencial, que define a obra. Por quê? Porque a arte não informa sobre o mundo, não comunica nada do que seria possível identificar claramente nas coisas. Em compensação, oferece um ponto de partida para as interpretações: quanto mais variadas, profusas ou mesmo infinitas forem essas interpretações, mais rica será a obra. As interpretações é que concluem o trabalho da obra, inacabada por essência. Aqui, a abertura não abre para um (ou o) mundo, e sim para outras obras – desde que, com Barthes e Duchamp ("são os observadores que criam o quadro") postulemos a hipótese de que o intérprete (leitor, observador, espectador, ouvinte) é ele próprio o autor. Seu ponto de vista enriquece, recria, ou transforma em todo caso, a obra original segundo linhas de vida explodidas. Essa abertura quase infinita torna a obra de arte fluida, formando-se e deformando-se conforme o caso. A obra nunca é a mesma, ela vive pela vida daqueles que a contemplam. Com essa teoria *extensionista*, é lícito pensar que cada interpretação das obras constitui um mundo diferente inseminado, por assim dizer, pelo original. Temos aqui uma visão plural que, embora não contemple a pluralidade dos mundos, situa-se na li-

---

16. Umberto Eco, *L'Œuvre ouverte*, Paris, Point/Seuil, 1962. [*Obra aberta*, trad. Giovanni Cutolo, São Paulo, Perspectiva, 1991.]

nha de uma real abertura para a publicação, exposição, análise das propriedades da obra concreta. Em paralelo a isso, a obra não só permite, como necessariamente induz suas reproduções, ela é sempre 'alográfica'[17]; suporta, alimenta e pede suas cópias, cada uma delas sendo, por sua vez, produtora de obras. E isso mesmo depois de Eco ter repensado o infinito dessa abertura, notadamente em *Les limites de l'interprétation*[18].

Assim, as duas diferentes versões do aberto se encontram em alguns pontos: a interpenetração do ler (intérprete) e do fazer (o autor), da superfície (o que é dito ou mostrado exteriormente) e do não dito (o que é 'invisível' na obra e que a interpretação traz à tona) vão decerto ao encontro dos temas da 'atadura' e do 'quiasma', estrutura cruzada a que é afeito Merleau-Ponty. É através de sua ausência, dos furos, das fissuras, que a obra abre, afinal, um espaço de liberdade. Semioticistas e fenomenólogos concordam num ponto: o invisível, o branco, o silêncio que se encontra no cerne das obras[19].

Não há que se enganar, contudo: as duas aberturas, a sugerida pela expressão 'a arte abre um mundo' e aquela

---

17. O regime alográfico, contrariamente ao regime autográfico, aplica-se às obras para as quais a existência de diversas ocorrências é constitutiva de sua manifestação.

18. Umberto Eco, *Les Limites de l'interprétation*, Paris, Grasset, 1992. [*Os limites da interpretação*, trad. Pérola de Carvalho, São Paulo, Perspectiva, 1990.]

19. Tema estruturante que também é evidenciado em Barthes (com desenvoltura) e Blanchot (de forma mais dramática).

que está ativa em 'a obra aberta', estão longe de possuir a mesma forma e a mesma linha ideológica. Uma, como vimos, abre sobre um abismo (o do Ser) e sobre uma ereção (a da obra), permanecendo deliberadamente aquém, ou além, de sua situação concreta, material, espaçotemporal. A outra, em extensão, libera perspectivas a partir de um ponto concreto através da análise de tal texto ou tal peça, lança mão dos recursos da semiologia, não despreza o aporte de nenhuma disciplina, identifica as distinções entre os gêneros, compara as interpretações; em suma, permanece próxima às coisas e não abandona o terreno da atividade artística. Além disso, a análise linguística que está na base de tal versão da abertura conduz a um desenvolvimento possível de uma teoria dos mundos paralelos.

Essa distinção se torna ainda mais sensível se examinarmos de que maneira cada uma dessas versões aborda os problemas do horizonte, da perspectiva e do vácuo. O horizonte, a perspectiva, o vácuo são termos 'de passagem': indicam que há uma linha a ser transposta entre este nosso mundo e o mundo da arte, e do mundo da arte rumo a um alhures inqualificado. Estão, de modo geral, ligados à ideia de um além, de uma transcendência; mas, assim como o conceito de abertura abria ele próprio para uma visão extensionista ou uma visada intencional, também eles podem bifurcar e nos conduzir em direções opostas.

HORIZONTE E TRANSCENDÊNCIA, VERSÃO FENOMENOLÓGICA

Todo horizonte é uma quimera que indica, nos confins do visível, um limite inatingível, sempre diferido, sempre renovado. Pura virtualidade, o horizonte sugere uma disjunção extrema entre o olhar e o corpo, matéria para devaneio remetendo-nos, em última instância, à nossa condição de seres irremediavelmente situados.

Assim é apresentada a exposição "Horizontes quiméricos" de Bustamente e Rucha, em junho de 2007. O horizonte ocupa um lugar privilegiado entre os críticos, estéticos e historiadores da arte e, como se vê nessa citação, também entre os artistas. Os fundos azulados de Leonardo, os céus enevoados de Turner, os abismos de Friedrich e as ruínas romanas de Le Lorrain: todo horizonte é uma incitação à viagem para um além, desconhecido ou outro 'mundo'. Ao separar o próximo do distante, a linha de horizonte oferece ao pensamento um dado precioso, pois permite expressar visível, plasticamente, o 'salto' no desconhecido que precisa ser dado – salto este que, segundo Heidegger, é o sinal em si da autenticidade do ser--obra. A imagem do horizonte está, assim, ligada a um 'além' da representação, um 'fora' ou transbordamento da realidade das coisas como elas são. Aqui, na proximidade, este mundo aqui de baixo; lá, ao longe, indicado pela linha do horizonte, dissimulado, porém, oculto, o outro mundo ou outros mundos. Assim é também para Merleau-Ponty e seus sucessores: "[...] a estrutura do campo visual, seus próximos, distantes, seu horizonte é indispensável para que haja transcendência. O modelo de toda transcendência"[20].

A transcendência pertence à obra, ou não será uma obra, e a estrutura visual que inclui o horizonte enquanto ponto sem volta é o 'modelo' que oferece a melhor aproximação. O horizonte está no centro de qualquer reflexão sobre a obra, a arte, a percepção, a consciência etc.; nele se trançam o visível e o invisível, apontando e, ao mesmo tempo, dissimulando um ao outro. O horizonte é um objeto paradoxal, reversível: revela aquilo que esconde e pertence a dois regimes do ver, o visível e o invisível, que ele liga entre si. Nesse sentido, constitui um presente para os pensadores da transcendência da arte.

Ambivalência do horizonte

Ao mesmo tempo, porém, surgem incertezas de todo tipo: o que dizemos, com efeito, quando falamos em horizonte? Será a perspectiva visual, em que o horizonte indica o conjunto dos pontos de fuga de uma construção geométrica – perspectiva conhecida como *legítima* ou *artificial* – ou de perspectiva conceitual ou moral?

---

20. Maurice Merleau-Ponty, *Le Visible et l'Invisible, notes de travail*.

Esse ponto requer ser analisado, pois se o horizonte é um dos pivôs, e como que o fundamento, dos discursos sobre a transcendência da obra de arte e da abertura do mundo, pode também ser visto como um elemento neutro e examinado no âmbito de sua manifestação em certo tipo de obras plásticas, geralmente figurativas. Em outras palavras, trata-se da linha do horizonte que eu vejo ao longe quando contemplo a planície ou o mar, aquela que identifico nos quadros de paisagem, riscando a superfície pictórica ao estabelecer um último plano, ou será algo ligado ao pensamento, à intencionalidade, à crença, a um estado mental, em suma?

Quer o horizonte seja um elemento técnico de construção, com finalidades bem definidas (a saber: tornar 'legível' a relação entre os objetos num plano), quer seja uma noção que pertence ao domínio da crença, da promessa, do desejo (tudo o que assinala a tensão rumo a um objetivo incerto, imprevisível e contingente). O horizonte oferece suas duas faces, e não há como desprender uma da outra; a questão é descobrir em que vertente podemos nos situar e que tipo de pesquisa pode ser empreendida a partir de um ou outro aspecto.

ATRÁS DO HORIZONTE?

O que eu vejo quando olho à minha frente, do meu ponto de vista (no caso, o terraço frente à minha casa), são os degraus que descem até a piscina, a sebe de loureiros que a cerca, e os espaços intermediários que são as suaves colinas com casas, e finalmente uma cumeada recortada sobre um fundo. Esse fundo é o céu com suas nuvens, e a linha denteada é o que chamamos 'horizonte'. De modo que o céu é tanto o fundo sobre o qual se recorta a cumeada como o que está acima do conjunto descrito. É perfeitamente visível, e até bem delineado pela linha de horizonte. O além dessa linha não é, portanto, o céu que eu vejo, e sim aquilo que eu não vejo, ou seja, nesse caso específico, o que há, ou deveria haver, atrás da cumeada: a outra encosta da cadeia de pequenas colinas. Embora eu não veja essa encosta, posso imaginá-la, pois não tenho conhecimento de colinas com uma encosta só e me pareceria absurdo que tal coisa pudesse existir. Da mesma forma, percebo como sendo mar o mar que vejo diante de mim quando me encontro na praia, até que um limite bem traçado o separe, ao longe, do céu. Esse limite perceptível é a linha do horizonte. Além dele, ainda na minha visão, está o céu com suas nuvens. Mas então o que significa 'além'?

Significa 'acima', pois minha visão do mar e do céu é semelhante à visão que tenho de um quadro representando o mar e o céu; ora, esse quadro é plano: está em duas dimensões. Assim, a parte superior do quadro é ocupada pelo céu e a parte inferior, pelo mar; os diversos planos do painel-plano são escalonados, sobrepostos no sentido vertical. A passagem de um (o mar) para outro (o céu) é nuançada, mas distinta. Posso dizer que temos aí a passagem do visível para o invisível? Não, uma vez que, nos dois exemplos citados, todos os elementos são vistos. Na mesma temporalidade percebo não um antes (o mar) e um depois (o céu), e sim o conjunto como um todo, disposto segundo uma orientação baixo/alto; a captura da imagem se dá de forma simultânea.

Essa disposição plástica acarreta, às vezes, alguns efeitos (inopinados); assim, quando criança, perguntei-me por muito tempo como é que aquela grande massa de água, como diziam nas aulas de geografia, podia se manter ereta acima da margem. O que retinha aquela massa de água? Foi necessária a experiência para que eu deixasse de ver o mar vertical, erguido como uma parede, e o visse horizontal, achatado. Mas então em que momento e de que forma 'além' significa 'além' (transcendência) e 'mais tarde', e não 'acima' e 'em simultâneo'? Ou ainda (terceira via): um 'além' apenas pensado, o conhecimento vindo em auxílio da percepção sensível. Três orientações, pelo menos, disputam o além entre si.

Primeira versão: o além enquanto espiritualidade

Esta versão nos conduz ao *além* do misticismo ou, pelo menos, da espiritualidade. Assim, posso pensar que o 'céu' é, por assim dizer, sinônimo de altura, de bem, onde mora o divino; a linha do horizonte, ao separar o que é da terra e o que é do céu, sugere uma elevação de baixo para cima e nos conduz a ele. O alto se torna simultaneamente a elevação e o profundo, o baixo acaba sendo também a queda e o pecado. Prova disso são alguns afrescos da Idade Média: no oratório do castelo de l'Anglard, *São Miguel afasta os demônios e julga os méritos de cada um* (cerca de 1470), temos vários horizontes justapostos: um para as criaturas terrestres ainda não eleitas e os demônios, outro para os eleitos que se vão, entre céu e terra, para render graças a Deus em sua morada celeste e, finalmente, o horizonte das estrelas, do firmamento que coroa o conjunto. Os três horizontes nada têm a ver com os dados da percepção: são todos alegóricos, ilustrações de uma vida após a morte, decifráveis pelos (bons) cristãos.

São Miguel afasta os demônios e julga os méritos de cada um (c. 1470), pintura do mural do oratório do castelo de l'Anglard.

Segunda versão: o além enquanto senso comum

Posso pensar que aquilo que me é mostrado deve ser completado, socorrido e estendido, para além daquilo que vejo, pelo recurso à imaginação daquilo que julgo conhecer: ou seja, o senso comum. O senso comum pilota a minha imaginação, forçando-a a adotar como verdade os conhecimentos adquiridos da experiência comum. Assim, imagina-se que, atrás (além) do horizonte, algo prossegue ou algo acontece. A paisagem não para bruscamente na linha de cume das colinas, o mar deve estender-se além daquilo que consigo ver; não posso crer que a massa líquida se detenha abruptamente, ela deve se estender mais e mais até encontrar uma praia em tudo semelhante àquela em que me encontro neste momento, onde a última onda possa se quebrar e o mar, se extinguir. Pode-se, evidentemente, imaginar que atrás do limite observável haja algum inobservável, ou nada, ou o vazio, ou qualquer outra coisa. Mas, na prática corrente, é raro imaginar algo assim; o senso comum se opõe a isso, ou considera essa imaginação como uma quimera. A passagem entre o aquém do horizonte e seu além é a passagem de uma perfeição que parece 'dada' – eu vejo o que está diante de mim – para uma ideia que deve ser construída com base na experiência comum: nenhuma colina tem uma só encosta, nenhum líquido para de correr ou de se expandir por si só, pelo menos não neste mundo. Imagino, ou concebo, uma continuidade entre a encosta que vejo e outra, que deve 'normalmente' se achar em contato com a primeira.

Embora sendo claramente menos espiritualista que a primeira, essa segunda resposta partilha com ela o aquém e o além, segundo a distinção comprovada: dado sensível/ideia construída. Ao sensível, o aquém; à ideia, o além. O horizonte aparentemente 'exige', portanto, uma mudança de regime entre o percebido e o construído, sendo este último, então, incluído no capítulo do invisível. Num primeiro momento, essa divisão parece inteligível, mas, além de reconduzir à dualidade corpo/espírito, é criticável por vários pontos de vista: do ponto de vista da percepção em si, do ponto de vista de uma ideia da perspectiva e da profundidade e, finalmente, do ponto de vista da abertura das obras para uma pluralidade dos mundos.

Terceira versão: o além enquanto condição

Aquilo que é, aparentemente, oferecido aos nossos sentidos como *obviedade* constitui o objeto de uma autêntica elaboração conceitual de que nós próprios não temos consciência, e cuja complexidade e amplitude é difícil avaliar. Nada nem ninguém é inocente; os filtros da cultura, da experiência, da língua, atuam diretamente sobre o 'dado'. Vemos e sentimos o que julgamos saber sobre aquilo que percebemos.

No caso da percepção de uma obra e de sua abertura sobre um 'além', essa atuação, obscura, pode ser vista como o horizonte no qual a obra se encontra imersa e não nos é imediatamente perceptível. Todas as condições que presidem sua presença enquanto obra, condições sócio-históricas e políticas – mediações ditas culturais, maneiras de expor, diferentes atores e autores do palco em que a obra se encontra encravada –, não nos são dadas de forma imediata ou integral. Nesse sentido, essas condições estão sujeitas ao regime do invisível e podem ser chamadas de 'horizontes' ou, ainda, de 'além'; fazem parte, portanto, da obra que elas provocam. Pois, para além daquilo que percebo, existem condições de minha percepção que eu não percebo: o além da obra não é mais o seu 'de fora', e sim sua textura interna. Ou, se preferirmos, há uma imanência dos horizontes possíveis obrando dentro da obra. É esta uma maneira de considerar o horizonte das obras não como um transcendente irrepresentável, indizível, mas como uma propriedade interna das obras, sua especificidade de certa forma, e de exigir um desdobramento. Esse desdobramento inclui, além das várias críticas que, por sua vez, são obras, dispositivos de todo tipo, que vão desde a exposição até as técnicas de reprodução, repetição ou cópia.

Tal é, como vimos, a versão proposta por Eco em *A obra aberta*. Com efeito, ele situa o além da obra nas críticas e interpretações suscitadas por ela. Interpretações e críticas compõem, então, um 'fora'. As obras são 'complementadas', ou 'transcendidas', por seus satélites. Pode-se então dizer que o horizonte é a soma dos satélites que gravitam em torno da obra original. Trata-se de uma concepção de transcendência que não poderia ser mais distante da transcendência heideggeriana ou merleaupontiana. Para o que ora nos interessa, 'a abertura de um mundo', essa concepção de uma transcendência via satélite se mostra promissora. O horizonte já não é indizível e pode ser explorado, mesmo que nunca se chegue à exaustividade. Sabemos mais ou menos o que esperar, mesmo ignorando que formas irão assumir esses complementos.

O além enquanto negação da identidade

No entanto, essa forma de perceber o horizonte não deixa de levantar algumas perguntas sobre a identidade das obras de arte: onde reside essa identidade, se parte dela é exterior a si mesma? Como delimitar o que é dela, que necessariamente lhe pertence de fato, e o que lhe é (ou será) aleatoriamente 'implementado'? Estamos diante do estranho paradoxo de uma imanência em espera de sua presença total, de uma identidade que é tanto mais forte pelo fato de esperar a si mesma num futuro não previsível. Tal é o paradoxo revelado por Borges em seu conto "Pierre Ménard, autor de Quixote"[21]. Esse Pierre Ménard que copia, palavra por palavra e signo por signo, os capítulos

---

21. Jorge Luis Borges, "Pierre Ménard, auteur du Quichotte", in *Fictions*, Paris, Gallimard, 1993. [*Ficções*, trad. Davi Arrigucci Jr., São Paulo, Companhia das Letras, 2007.] Cf., a esse respeito, o belo estudo de Jacques Morizot, *Sur le problème de Borges, sémiotique, ontologie, signature*, Paris, Kimé, 1999.

do *Dom Quixote* de Cervantes, estará criando uma obra original ou será um plagiário? Será que existe um único *Dom Quixote* – o de Cervantes –, os trechos que dele são 'tirados' ou os livros que retomam o texto na íntegra sendo meros 'exemplares' que procedem da duplicação técnica e podem se multiplicar ao infinito, inclusive o exercício empreendido por Ménard? Ou cabe pensar que o exercício de Ménard é uma obra em si que, embora retomando o texto de Cervantes, não partilha do mesmo horizonte, mergulhando, em compensação, o texto antigo num universo sócio-histórico bem diverso e num projeto bem diverso, defasando então o conjunto num universo que eu tenderia a chamar de 'paralelo'?

Deparamos aqui com o cenário já esboçado pelos antigos gregos: o do eterno retorno. Depois do grande abrasamento final (a *ekpyrosis* ou conflagração), recomeça o ciclo do tempo: a mesma história se repete, os mesmos livros são escritos, as mesmas palavras são pronunciadas; entretanto, alguns detalhes se moveram, um certo estremecer das silhuetas faz com que o mundo vindo após a *ekpyrosis* não seja exatamente igual àquele que o precedeu. Em um dos mundos, o mito da caverna é identificado como sendo a obra de Platão com suas condições próprias de produção, ao passo que, num dos mundos que sucedem o primeiro, continua a existir um texto que relata o mito da caverna, mas suas condições de produção não são exatamente iguais. Da mesma forma, o texto de Ménard pertence a um dos mundos possíveis em que o texto de Cervantes é identificado, mas suas condições de produção são distintas, uma vez que é escrito por Ménard.

O interessante, no texto de Borges – para além de sua qualidade ficcional –, é que ele expõe as interrogações relativas à identidade da obra. Será que ela reside essencialmente em sua estrutura própria, autônoma, única – e, nesse caso, podemos dizer, com Goodman ou Genette, que ela é autográfica –, ou será que é capaz de induzir uma reprodução ilimitada (versão fraca da alografia) ou exigir uma sequência que a implemente (versão forte)? A distinção, esboçada por Goodman[22] e retomada por Genette[23], tende a definir a identidade de uma obra segundo seu pertencimento a uma dessas duas categorias: seria autográfica toda arte cujas realizações não aceitam duplicação; suas eventuais imitações seriam contrafações. Em contrapartida, diz-se arte de tipo alográfico aquela cujas obras podem ser reproduzidas em infinitos exemplares sem que se altere seu conteúdo; este será rigorosamente idêntico em todos os exemplares, quaisquer que sejam suas formas (papel, tela, monitor, instrumentos).

Ora, a reflexão possivelmente gerada pelo conto de Borges é que essa partilha se revela inoperante: ambos os

---

22. Nelson Goodman, *Langages de l'art*, Paris, Jacqueline Chambon, 1990.
23. Gérard Genette, *L'Œuvre de l'art. Immanence et transcendance*, Paris, Seuil, 1994. [*A obra de arte: imanência e transcendência*, trad. Valter Lellis Siqueira, São Paulo, Littera Mundi, 2001.]

textos, o de Cervantes e o de Ménard, são a um só tempo autográficos e alográficos, são individualmente únicos e complementam um ao outro, para não falar nas várias realizações possíveis. Além disso, o romance de Cervantes não requer a réplica de Ménard para ser uma obra literária; não necessariamente abre para o mundo de Ménard. Inversamente, no caso de Ménard, sua cópia fiel não é, de forma alguma, uma crítica ou interpretação, e sim uma obra independente cuja existência sugere as ambiguidades ligadas ao *status* de obra.

Imanência e transcendência aparentemente não se dividem de forma clara, portanto, entre autográficas e alográficas, uma vez que uma obra única e sem contrafação possível (autográfica, portanto) não abriria, por isso mesmo, para nenhuma transcendência, ao passo que a obra reprodutível ao infinito (alográfica) gozaria de uma abertura que transcende seus limites. Ao acompanhar a divisão do alográfico e do autográfico no que se refere à imanência e à transcendência, vemo-nos numa situação delicada, se não um tanto absurda. E isso tanto no que toca à tradição estética (que sustenta firmemente que a obra é transcendente por si só) como à definição dos termos, que parecem se desagregar diante da análise. Deixemos isso para lá. Borges nos incita a isso e sugere, pensando bem, algo que me parece muito mais interessante para o projeto que nos ocupa aqui.

Pode-se, com efeito, considerar a hipótese de que, dada a existência simultânea de vários mundos, uma mesma obra, idêntica em seu conteúdo (textual, no caso do *Quixote*), assuma um diferente sotaque dependendo do mundo no qual se encontra; várias versões idênticas e simultâneas têm, assim, idêntico direito de cidadania em todos os mundos possíveis em que se apresentam. Para uma obra plástica, por exemplo, podemos perguntar: será ela a mesma quando exposta no Museu do Louvre de Paris ou no Museu do Louvre de Dubai? Não haverá aí uma declinação, uma obra em tudo similar e, no entanto, outra, pertencente a um mundo paralelo? É a pergunta a que nos convida especificamente o trabalho de Jérôme Glicenstein sobre a exposição[24].

Isso nos leva a uma versão de horizonte bastante afastada do abismo ou da clareira do ser. Já não se trata da arte, e sim das obras, já não se trata de aceder à reflexão sobre si (a retomada em si) de uma parte extraída da realidade do mundo. Imanentista e extensionalista, a versão à qual a ficção borgiana nos conduz visa antes construir e explorar ficções de mundos (mundos possíveis) que existam de fato, paralelamente àquele em que estamos. Ao se distanciar de uma metafísica da arte, a versão extensionalista coloca os problemas de perspectivas e horizontes de maneira mais concreta, e segundo um espectro mais amplo: com efeito, a pintura (Merleau-Ponty com Cézanne) e a poesia (Heidegger com Höl-

---

24. Jérôme Glicenstein, *L'Art, une histoire d'exposition*, Paris, PUF, "Lignes d'art", 2008.

derlin) já não são as principais figuras convocadas: muitas outras formas de atividade artística são indistintamente chamadas, e a identidade das obras, ao invés de ser colocada de saída como um tema autêntico dependendo de uma revelação da verdade, torna-se sujeita a controvérsias.

Na busca por esses mundos supostamente abertos pela arte, só encontramos até o momento uma única possibilidade, se não de abordar, pelo menos de evocar mundos possíveis: essa que recorre às variações de uma obra dada nas versões pertencentes a diferentes mundos. Este é o único caso, com efeito, em que a existência de outros mundos é indispensável ao prosseguimento da análise de uma obra e à sua identificação. Em todos os demais, lidamos tão somente com o mundo qualificado como 'real', no qual se inscrevem, bem ou mal, as ficções da arte.

CAPÍTULO 2
OS POSSÍVEIS CONSIDERADOS COMO UMA DAS BELAS-ARTES

> Esses exemplos, terei de tirá-los de nossa vida,
> ou de uma vida similar à nossa[1].

Quando queremos, desejamos ou tememos algo ou alguém, quando lamentamos que um fato tenha ou não ocorrido, deixamos a terra firme da realidade comprovada e adentramos um domínio impreciso: o do não sucedido, ou do sucedível. Nesse caso, nossas proposições começam com 'se...' e continuam no subjuntivo ou no condicional. Nossas palavras terminam em '-ível' ou '-ável'. O fósforo é inflamável e a borracha, flexível, e o emprego desses adjetivos em '-ível/-ável' corresponde ao autêntico desejo de que o fósforo se acenda e a borracha se preste à flexão. Desejo autêntico, sem dúvida, mas não certeza. Pois basta uma falsa manobra

---

1. Ludwig Wittgenstein, *Fiches*, § 103, Paris, Gallimard, 1977.

para o fósforo não acender (não o risquei direito) e a borracha não se dobrar (talvez esteja demasiado velha). A condição para que o fato se produza é, então, especificada pelo 'se' que indica a contingência: se o fósforo não estiver molhado, vou poder acendê-lo; se a borracha for nova, poderá ser dobrada. Mesmo no caso de a ação visada ser satisfatoriamente efetuada (o fósforo se acendeu, a borracha se dobrou), a possibilidade de que a borracha não se dobre e de que a chama não resulte da ação de riscar permanece presente enquanto fato não sucedido neste momento, mas também enquanto ação ainda passível de se produzir, em outro momento, ou *num mundo similar a este*.

As possibilidades descartadas nem por isso são nulas, compondo um conjunto que nenhuma filosofia da ciência digna deste nome e nenhuma reflexão legítima sobre a arte podem ignorar. É o que mostram claramente filósofos, lógicos ou semanticistas como David Lewis, Saul Kripke, Jaako Hintikka e Nelson Goodman. Mas talvez seja isso o que ainda falta demonstrar no que se refere à arte – pelo menos na França, onde pouquíssimos estetas aderiram a esse modo de exploração, e onde as obras de continuidade aos escritos fundadores são extremamente raras e não encontram um público consistente. Isso em parte se explica pelo fato de que as preocupações desse público se voltam antes, tradicionalmente, para a personalidade do artista e as obras singulares – o que pode ser encontrado em forma de monografia, de sociologia da arte, crítica ou história, modelos desde muito reconhecidos e, portanto, de certa forma, seguros, que não envolvem dispendiosos investimentos por parte do leitor.

No entanto, e sem por isso entrar no labirinto das teorias lógicas e dos seus debates, qualquer leitor que se interesse pela definição de arte – mesmo que totalmente incompetente nessas matérias (como é o meu caso) – é capaz de compreender os pontos de vista que se manifestam em seu campo. E vários aspectos desse impressionante conjunto de proposições podem, por exemplo, chamar sua atenção. Como esses concernentes à identidade da obra e a consistência do mundo em que ela se instaura, o jogo das referências não unilaterais entre a obra e seus diferentes modos possíveis, e a questão de sua realidade ou não realidade (para não dizer 'verdade'). Em suma, as pesquisas que exploram o domínio do 'se...'. Com efeito, o que esperar de uma semântica dos mundos possíveis? Ao abandonar as zonas obscuras da ontologia, perdemos a profundidade e o inefável da arte em benefício de uma visão pragmática da obra. Ou melhor: de uma prática das obras que corresponda às várias questões que elas suscitam, absolutamente não resolvidas pela afirmação de que essas obras abrem um mundo.

Vou dar aqui um exemplo que demonstra o princípio desse procedimento: o filme do cineasta Peter Greenaway, *Nightwatching* [*A ronda da noite*]. Trata-se do conhecido quadro de Rembrandt que mostra, de forma um tanto teatral, os membros da milícia de Amsterdã em seus trajes de guerra. Greenaway opta por tratar as personagens do grupo representado, e a relação do grupo com o pintor e sua família, com a cidade de Amsterdã, sua sociedade e seus costumes, assim como a relação de cada um desses elementos com o próprio quadro, independentemente do conjunto. Estamos diante, portanto, das *contrapartes* das personagens do quadro. Estas são, uma a uma, projetadas para fora do quadro de Rembrandt – quadro que pode ser considerado como 'mundo atual', presente, ali, diante de nós. Cada personagem é deslocada para fora desse mundo atual e posa em vários outros quadros de mundos, como um (ou mais de um) alterno daquelas personagens que estão no mundo atual. Cada qual possui seus diferentes duplos, que vivem e são pintados em 'situações de pintura' muito próximas da maneira como Rembrandt pintou o quadro no mundo atual. Cada personagem cumpre um papel em mundos paralelos ao quadro atual. Uma delas é envolvida num complô, outra numa aventura sórdida com mocinhas de um orfanato etc. O próprio pintor tem suas contrapartes, entrando em outros jogos, em outros mundos (mundo doméstico, mundo do ateliê, mundo dos homens que ele pinta). Proximidade, parecença desses alternos que habitam o mundo do 'se', ou, nos termos da lógica modal, o mundo dos *contrafatuais*.

Contrafatual e *contraparte* são termos inusitados, aproximados pelo prefixo 'contra', o que pode desnortear o leitor; por isso, parece-me necessário definir seu significado. Quanto ao primeiro, *contrafatual*, trata-se menos de uma contraverdade do que de possibilidades não realizadas, algo que não aconteceu e, logo, não pertence ao domínio dos fatos: um *à parte* aos fatos comprovados. Quanto ao segundo termo, *contraparte*, trata-se não de uma troca – como um sinal que se dá antes de um serviço de modo a garantir a fidelidade do recebedor –, mas do habitante de outro mundo que ocupa, nesse mundo e com poucas diferenças, o mesmo lugar que ocupo em meu próprio mundo. Não se trata de um sósia, nem de um clone, mas de um ser inteiro que vive num mundo paralelo ao meu; minha ou minhas contrapartes não são uma parte de mim que teria se soltado para ir viver sua vida num mundo melhor (ou pior). Mundos povoados por essas diferentes contrapartes são não só possíveis como reais, segundo David Lewis, o primeiro a teorizar esse conceito[2]. Cada contraparte no seu mundo, e eu no meu, aqui, no mundo atual. As contrapartes se parecem comigo, mas não são eu; eu e elas temos um máximo de traços em comum, mas não todos; ou então não seriam contraparte, seria eu. Pode-se imaginar que todos os aspectos físicos seriam idênticos – com exceção, talvez, de uma falange menor no indicador, ou outro detalhe qualquer. Inversamente, porém, essas personagens dos outros

---

2. David Lewis,"Counterpart theory and quantified modal logic", *The Journal of Philosophy*, XV, 5, 1968.

mundos são todas contrapartes entre si, logo eu também: por essa lógica, não pode haver um original 'verdadeiro' e contrapartes 'falsas'. A verdade ou a falsidade nada têm a ver com essa lógica, mesmo que me entristeça não ser o verdadeiro modelo, original, de sósias necessariamente derivados. Com efeito, o mundo atual, o meu, no qual eu vivo, não possui um *status* ontológico privilegiado em relação aos outros mundos. Há que observar, portanto, que na expressão 'mundo atual' *atual* não tem o sentido de 'real', em oposição aos outros mundos que não seriam reais. 'Atual' designa tão somente o mundo de onde estou falando e de onde, por exemplo, escrevo essas linhas. Isso não pressupõe um outro mundo atual para uma de minhas contrapartes, a qual escreveria essas mesmas linhas num mundo paralelo. O mesmo sucede com as personagens do quadro de Rembrandt, retomado no filme de Greenaway: as personagens que viviam em Amsterdã no momento em que foi pintado o quadro, cujo retrato Rembrandt realizou, vivem outra vida em *A ronda da noite*, e não se pode mais dizer, principalmente depois de Greenaway, quem são as contrapartes, e de quem. Existe uma reciprocidade de posição e de *status* entre todas as contrapartes.

Voltamos aqui, por outro viés, a Pierre Ménard e ao *Quixote* de que falávamos há pouco. Ali, a questão da verdade e da falsidade se colocava como uma forma de interrogar (e questionar) a ontologia da obra de arte. Aqui, no mundo do 'se', dos contrafatuais, estamos diante da mesma interrogação, mas o nível é outro. Abandonamos – provisoriamente – o plano das obras, e estamos no plano da existência, da consistência e da identidade dos seres, quaisquer que sejam eles: indivíduos, obras ou objetos de um mundo, entre os outros mundos. Essa teoria de Lewis, denominada *realismo modal*, oferece uma base consistente à intuição de que existem mundos plurais e de que a arte, de certa forma, convive com esses mundos. De algum modo, ela define essa intuição e transforma o seu ponto de aplicação. E é exatamente por essa proximidade intuitiva que ela me parece apta a nos oferecer, senão respostas, pelo menos pistas para pesquisa. Pragmaticamente, a melhor teoria para o nosso objetivo aqui é de fato a que fornece a melhor explicação para os fenômenos modais. Ora, a arte é o domínio, não exclusivo, mas comprovado, dos fenômenos modais (a ficção, o domínio do 'se'); é lícito concluir, portanto, que o realismo modal é a melhor teoria possível para pensar aquilo que se relaciona à arte.

A esse respeito, cabe observar que sempre há um pré-estado de escolha – digamos, nos termos aristotélicos, uma 'preferência'[3] ('prefere aquilo que amas') – que guia as escolhas teóricas e orienta as pesquisas. Essas orientações, no mais das vezes, encontram seu terreno nas experiências cotidianas, ali onde se formam os hábitos de pensamento, as ati-

---

3. Aristote [Aristóteles], *Éthique à Nicomaque* [Ética a Nicômaco], III, 4, 1111 b, 1979. A *proairesis* (escolha ou preferência) é uma 'pré-deliberação', uma disposição que antecede e orienta a deliberação.

tudes conceituais – *atitudes-conceitos* – que podem permanecer tal qual e se referirem ao cotidiano (gostos e cores), mas podem também encontrar uma forma de se desenvolver por meio das atividades artísticas ou filosóficas. De minha parte, e isso deve ter motivado a escolha do realismo modal como suporte teórico, sempre fui sensível às diferentes formas de fazer aquilo que estou fazendo; em outras palavras, às inúmeras narrativas deixadas em suspenso pela atualização de uma delas. Penso, para citar um exemplo absolutamente trivial, nos diferentes caminhos existentes para ir de um ponto a outro, da casa ao ateliê, por exemplo, sendo que só posso trilhar um de cada vez, enquanto os outros se tornam, imediatamente e por isso mesmo, inatuais, sem por isso serem irreais. Para citar outro exemplo, poderia ser a realização da literatura policial tornar sucessivamente atuais os mundos de cada possível suspeito para escolher um só entre eles: o 'verdadeiro' assassino, ou seja, o assassino 'atual' em seu mundo atual, reconstituindo minuciosamente todos os percursos que ele não fez e descartando paulatinamente todos os suspeitos que não são assassinos mas permanecem enquanto realmente suspeitos num determinado momento. Um exemplo disso é *Qui a tué Roger Ackroyd?*, de Pierre Bayard[4].

Esse dispositivo modal está na base de um conceito como *transficcionalidade*, ilustrado por ensaios/romances como

---

4. Pierre Bayard, *Qui a tué Roger Ackroyd*, Paris, Minuit, 1998.

Mademoiselle Bovary[5], *Charles Bovary, médecin de campagne: portrait d'un homme simple*[6] ou *Madame Homais*[7]. Esses romances não se contentam em 'retomar' o fio do romance de Flaubert a fim de tirar conclusões duplamente fictícias – duplamente no sentido de que se trata de ficções, e de que são ficções baseadas na atualidade da ficção original que é *Madame Bovary*. Eles expõem a base contrafatual sobre a qual se funda nossa experiência, seja essa experiência vivenciada na e pela literatura, seja na vida 'real'. Com efeito, o que a prática transficcional vem demonstrar é realmente, a meu ver, a pluralidade dos mundos 'colocados no real' em nossa própria vida, embora com uma predileção por sua aplicação no(s) mundo(s) da arte. Quando Hintikka escreve:

> Nosso compromisso ideológico de levar em conta a existência de mundos possíveis distintos do mundo real[8] não é surpreendente nem desconcertante. Se nos debruçarmos sobre o que as pessoas fazem, mais especificamente sobre os conceitos a que elas recorrem a fim de se preparar para diversas eventualidades, não há nada de surpreendente em termos de dizer – para descrever integralmente esses conceitos – roteiros distintos daquele que de fato se realiza[9].

---

5. Jean Raymond, *Mademoiselle Bovary*, Arles, Actes Sud, 1991.
6. Jean Améry, *Charles Bovary, médecin de campagne. Portrait d'un homme simple*, Arles, Actes Sud, 1991.
7. Sylvère Monod, *Madame Homais*, Paris, Belfond, 1988.
8. David Lewis diria 'atual' em vez de 'real'.
9. Jaakko Hintikka, *L'Intentionnalité et les mondes possibles*, trad. fr. e apresentação N. Lavand, Lille, Presses universitaires de Lille, 1989, p. 46.

está se referindo à vida bem cotidiana, e não a situações excepcionais como as apresentadas pelas ficções literárias. Por outro lado, essa forma de conceber os possíveis como roteiros de uma mesma ação projetada pode ser aplicada tanto à literatura como às obras plásticas (como tentei fazer com *A ronda da noite*) e à pesquisa científica, como também à própria teorização do autor (e se, em vez de falar sobre Frege, Hintikka tivesse *preferido* Quine?).

Neste ponto, parece-me necessário fazer uma pausa nas diferentes maneiras de abordar a questão da projeção de um objeto num outro mundo de objetos. Pois, no domínio da arte que aqui nos interessa, estão em jogo vários 'mundos de objetos':

– O mundo das obras, que o conceito de projeção divide em dois: as obras são ou autográficas, ou alográficas – separação introduzida por Goodman[10] e na qual a segunda parte apenas, a alografia, indica uma projeção da obra fora de si mesma.

– O mundo dos textos, para o qual se constroem um conceito e um instrumento de análise: a *inter* ou *transtextualidade*, que investe e questiona a literatura.

– O mundo da ficção, que envolve tudo o que diz respeito aos empreendimentos do pensar e cujo instrumento de análise é, desta feita, a *transficcionalidade*.

---

10. Nelson Goodman, *Langages de l'art*.

– Por fim, um mundo ainda por explorar e cujo elemento essencial, a meu ver, é a projeção de um objeto ficcional num contexto vivo: quero dizer os *avatares* projetados nos cibermundos, *avatares* que ainda não encontraram sua teoria e vagueiam no mundo parateórico ou infrateórico.

DA ALOGRAFIA À TRANSCENDÊNCIA

Já nos deparamos com a alografia quando examinamos o horizonte concreto das obras, sua abertura para outras obras no sentido proposto por Umberto Eco. Com um ligeiro anacronismo, qualifiquei então as obras abertas de Umberto Eco como sendo 'alográficas' *avant la lettre*. O termo pertence, na verdade, a Goodman, que o cria e, ao criá-lo, transforma 'o aberto' de Eco e o traduz numa pragmática. Com efeito, era lícito pensar, segundo Eco, que as obras 'abertas' eram obras dignas desse nome, ética e esteticamente 'corretas' e um exemplo a ser seguido. Com a alografia, porém, deixamos de lado o juízo de gosto e a razão prescritiva; trata-se de uma categoria *lógica*, que responde a uma pergunta pragmática: 'Quando é que existe falso na arte?'.

Para responder a essa pergunta, uma classificação pré-construída, *a priori*, tem a vantagem de evitar juízos baseados no conjuntural, no individual ou na psicologia do falsário e na moral, juízos que são eles próprios emitidos segundo critérios variáveis e conjunturais em nome da boa consciência. Em compensação, estamos aqui lidando com uma classificação. Ou, mais precisamente, com categorias de objetos: a categoria das obras autográficas e a das obras alográficas. Assim, as obras têm uma 'forma de ser' que as enquadra de saída numa das duas categorias. Quando se inscrevem na divisão 'autográfica', são sujeitas à imitação, à falsificação, à cópia. Na outra, não. Pois as obras ditas 'autográficas' são peças únicas e não podem ser imitadas ou reproduzidas sob pena de constituírem imitações, falsificações.

> Designemos uma obra como autográfica se, e somente se, a distinção entre o original e uma contrafação tiver um sentido, ou melhor, se, e somente se, a mais exata de suas reproduções não alcançar assim o *status* de autenticidade[11].

Uma obra alográfica, em compensação, não pode ter contrafação, apenas exemplares, e a correção em relação aos seus traços distintivos (ou seja, sua notação) atesta que se trata realmente de um exemplar da obra, a qual permanece intacta mesmo sendo reproduzida. Meu exemplar da *Recherche**, embora amassado, sujo, anotado, rabiscado, continua sendo a 'verdadeira' *Recherche*, tão verdadeira quanto a edição dita original.

Paradoxalmente, o objetivo assumido de Goodman na busca de marcadores do falso na arte leva a instaurar, no que

---

11. Nelson Goodman, *Langages de l'art*, p. 147.

* *À la recherche du temps perdu* [*Em busca do tempo perdido*], do escritor francês Marcel Proust. (N. T.)

diz respeito à arte autográfica, uma categoria curiosamente imanentista, o que se opõe diametralmente ao seu pensamento pragmático-lógico... Difícil livrar a arte de sua constituição *per se* em essência, a obra apoiando-se sobre si mesma, não violável e não analisável. Mesmo restringindo esse tipo de objeto *per se* às obras autográficas apenas, dando ampla importância às outras, que lhe escapam, nem por isso deixa de instaurar um germe de imanência que estará mais que disposto a desenvolver-se[12]. Genette, embora bem colocado para tratar as obras de maneira pragmática sem fazer intervir uma 'essência' da arte, não consegue evitar o 'fundamental'. Assim, define a transcendência (de uma obra) como "abarcando todos os modos como uma obra pode turvar ou extravasar a relação que ela mantém com o objeto material ou ideal em que *fundamentalmente* consiste"[13]. Com perspicácia, Genette percebeu que a distinção de Goodman entre os dois tipos de obra, autográfica e alográfica, correspondia à tradicional dupla abordagem filosófica da imanência e da transcendência. Ao empregar esses dois termos da filosofia, Genette busca reduzir as pretensões essencialistas da obra de arte, colocando-se num plano puramente descritivo e operando uma conversão do transcendental (o inconhecível, o inefável) num transcen-

---

12. Mesmo que ele tome precauções para evitar emitir juízos de valor sobre a superioridade do original em relação à cópia e distinga cuidadosamente o plano estético do plano lógico. Cf. Nelson Goodman, *Langages de l'art*, p. 143 e 153.

13. Gérard Genette, *L'Œuvre de l'art*, p. 185.

dental 'prático' (ação exercida a distância por um objeto funcional). O imanente seria constitutivo do objeto, logo necessário, e o transcendente seria contingente, podendo, aliás, ser denominado 'manifestação'. Assim, uma obra autográfica 'imana' em si mesma, sem obrigação de se manifestar de outra forma; em compensação, a obra alográfica se distingue por suas propriedades de exportação, por suas múltiplas manifestações. A imanência seria isto no que um objeto consiste, ou seja, suas propriedades essenciais, que o identificam enquanto objeto x, e a transcendência, o que vem ativar essas propriedades projetando-as num contexto próximo ou distante. É sempre perigoso, porém, utilizar termos codificados por um longo uso, tentando desviá-los para outros fins. 'Transcendência' soa aos ouvidos (e à mente) não como 'extravasamento' ou 'turvamento', e sim como espiritualidade e anseio para o alto, e seu acoplamento com a imanência remete antes à dualidade corpo/espírito do que à pluralidade dos mundos em que a obra se vê projetada. Sempre existe, infelizmente, a tentação de passar de um plano para outro sem aviso prévio. E, para complicar ainda mais as coisas, vem bater à porta a imanência segundo Deleuze, que nega a transcendência da arte e recorda Spinoza. Essa imanência deleuziana/spinoziana requer experimentação; abre uma linha de fuga, um devir e, por vezes, uma série, e então somos tentados a estabelecer um paralelo com a transcendência (ou manifestações, extravasamentos e turvamentos) genettiana. Mas, nesse caso, a redução pragmática tentada por Goodman e Genette (tal ferramenta para tal objeto) desaparece sob um extravasamento de conceitos que de fato oferecem uma visão consistente, completa, do mundo – em outras palavras, que visam antes a uma filosofia do que a uma pragmática. Se não colocamos uma ordem, as versões se sobrepõem e se destroem mutuamente.

Assim, Genette, ao tentar situar a alternativa autográfica/alográfica de modo a ir além de uma lógica classificadora, um tanto limitada a seu ver, afinal contribuiu para embaralhar as coisas. O que é uma pena, pois ele estava certo ao mostrar que há, em Goodman, uma ideologia essencialista bem dissimulada por trás da análise desprendida e neutra do lógico. Pois Goodman não abandona de modo algum a ideologia da arte, que exige unicidade, originalidade e, portanto, autenticidade, e joga com a identidade existente entre o artista e sua obra. A categoria das obras autográficas constitui um exemplo flagrante. Quanto às obras alográficas, sua referência última é de fato uma unidade que não pode ser destruída por nenhum tipo de manifestação extensionista. A origem se mantém presente, e o vínculo de um múltiplo com sua fonte sempre precisa ser atestado[14]. Mas a história desmonta com ironia o que parece estar concluído, bem-sucedido e bem amarrado, e os fatos revertem as mais rigorosas teorias, deixando-as de cabeça para baixo. Assim, a própria arte contemporânea se encarregou de recolocar Goodman e Genette de cabeça para cima.

---

14. Nelson Goodman, *Langages de l'art*, p. 152-153.

Que fique claro: tudo acontece como se, movido por um singular poder de extensão, o alográfico se estendesse ao conjunto das obras contemporâneas e definisse, para além de seu funcionamento em si, uma espécie de 'ontologia', ou modo de ser, da modernidade. Com efeito, o alográfico não permanece como o apanágio de alguns suportes específicos, como acreditava Goodman ao propor a literatura e a música como espaços alográficos, convindo igualmente às obras de arte contemporâneas em seu conjunto, e não só àquelas que aceitam uma reprodutibilidade técnica[15]. As obras se deslocam paulatinamente na direção do autográfico ao se tornarem múltiplas, descartáveis, apagáveis e reiteráveis ao infinito. A própria ideia de contrafação deixa de ter qualquer sentido no universo digital em que a fonte material não pode ser encontrada. É inútil ir atrás desse sentido, seria o mesmo que sair à caça do *snark*[*]. Assim, essa categoria que deveria servir para identificar um determinado tipo de obra perde sua eficácia ao ser indiferentemente aplicada a todas elas. Em outras palavras, a extensão muda de *status*: de possível, ou contingente, passa a ser necessária. A extensão não é mais um complemento, e sim uma propriedade intrínseca. A faculdade de ser outra (ou

---

15. Nesse aspecto, a alografia fornece à teoria empírica da reprodutibilidade, técnica sugerida por Benjamin, um fundamento lógico e, me atrevo a dizer, ontológico.

* Referência à obra *The Hunting of the Snark* [A caça ao *snark*] de Lewis Carroll. O *snark*, segundo seu autor, "é uma criatura singular, que não pode ser capturada por métodos ordinários". (N. T.)

outras) pertence à obra por necessidade, e não de maneira acidental. O *trans* é obra dentro da obra, ele é sua condição em si[16].

Paradoxalmente, a partir daí a extensão do alográfico assina sua sentença de morte por ser um conceito inútil: com efeito, ele deveria permitir isolar seu contrário, o autográfico – obras inimitáveis, idênticas a si mesmas, através das aventuras, ruínas ou desastres que elas poderiam sofrer. Deveria, por isso mesmo, permitir identificar cópias e falsificações, contrafações. Mas, num universo do reprodutível generalizado, o que fazer com esse conceito? Verdade é que ele foi fecundo: pôs-se no caminho da obra pluridimensional, pluriequivalente ou multi-identitária e, impondo-se, permitiu pensar essa maneira de ser como necessária e não mais conjuntural. Tal como as ferramentas que, depois de servirem, podem ser guardadas à parte e esperar por um historiador de costumes, os conceitos têm uma vida e um declínio – uma história, em suma. Quer parecer que a alografia, enquanto ferramenta, nos leve a abandoná-la. É estranho (e me encanta) não fazermos nada além de nos deixarmos conduzir pela análise. Ziguezagueando em meio a emboscadas, tentando me esquivar das armadilhas – de que são exemplo a 'transcendência' ou 'ontologia', mesmo que usadas a contragosto –, imagino que os conceitos me im-

---

16. O próprio Genette afinal reconhece: em certos casos, as obras constituem um misto de transcendência e imanência.

pulsionam para um alvo que vou descobrindo aos poucos. Será uma espécie de animismo, será que os conceitos têm alma? Não sei. Mas, para ficar na linha da existência dos mundos possíveis e da maneira como eles entram em relação com a arte, a alografia me fez precisar deixá-la de lado e seguir por outros caminhos.

Onde intervêm os mundos possíveis

> Sua beleza só se pode tornar visível
> se algo externo a cortar como uma faca[17].

Poderia parecer que o objetivo desta pesquisa se perdeu pelo caminho: onde estão os mundos possíveis que, segundo nossos pressupostos, condicionariam a experimentação das obras? Não que a obra abra um mundo, pelo contrário, mas não há obra sem uma multiplicidade de mundos possíveis. Tal hipótese acarreta o interesse pelas *condições de possibilidade dos mundos possíveis*, no que diz respeito às obras, e leva ao abandono da hipótese alográfica de uma extensão para mundos já formados que as acolheriam. Em outras palavras, abandonamos uma atraente abordagem em termos de interpretações plurais: essas que postulam a obra trabalhada desde dentro por *linhas de mundos* que se entrecruzam, conjugam-se e então se afas-

---

17. Ernst Jünger, *Heliopolis* (1949), Paris, Christian Bourgois, 1975. [*Heliópolis*, trad. Aulyde Soares Rodrigues, Rio de Janeiro, Nova Fronteira, 1981].

tam uma da outra, de tal forma que os destinatários (leitores, auditores, espectadores) hesitam entre várias versões e são forçados à interpretação. Refazer uma totalidade coerente, ou desatar os vários fios que constituem seu tecido, ou ainda suspender a compreensão do todo, ficando então simplesmente 'espantado': tais são as alternativas que se apresentam ao *lector in fabula*[18].

Emma Bovary e as palmilhas da Gioconda

Colocamo-nos, bem pelo contrário, numa situação externa à obra propriamente dita, nas suas bordas extremas, quando ela perde toda identidade e reconhecimento possível, e resta apenas um fio extrafino a ligá-la ao mundo que denominamos *real*. 'Mundos possíveis' torna-se, então, uma ferramenta de análise, que remete a um determinado número de *regras de acessibilidade* (como é que se passa de um mundo possível para outro?) e de aceitabilidade (até que ponto são aceitáveis as transformações sofridas por um elemento de W ao passar para um mundo W_1?). Um exemplo – que tiro da literatura porque ele assim fica mais fácil de identificar, mas que poderia tirar igualmente da vida cotidiana –, Emma Bovary, com seus traços definidos (mulher, pequeno-burguesa, provinciana, casada, adúltera etc.), é citada em outras narrativas além

---

18. Umberto Eco, *Lector in fabula* (1979), Paris, Grasset et Fasquelle, 1985. [*Lector in Fabula*, trad. Atílio Cancian, São Paulo, Perspectiva, 1979.]

do romance fonte de Flaubert, quer como referência, quer inclusive como principal personagem da trama. Com isso, a personagem fonte perde alguns de seus traços enquanto adquire outros: seu vestido não é mais amarelo, e sim azul, seu cabelo não é mais trançado num coque atrás, e sim sobre as orelhas, seu marido já não é médico, e sim farmacêutico etc. Até quando ainda será reconhecível (aceitável) na qualidade de Emma Bovary se, aos poucos, à medida que as narrativas se distanciam da fonte, vai perdendo seus traços distintivos? E em que momento a perderemos totalmente de vista, na qualidade de Bovary, mas também como personagem reconhecível, a ponto de ela não fazer mais parte do nosso mundo habitável nem dos nossos mundos 'possíveis' – por mais diversos que sejam –, e que sua forma indistinta saia a vagar em outros céus, inconcebíveis ou mesmo inimagináveis?

Outro exemplo, mais trivial e também mais estranho: a *giocondização*. Do que se trata? Da Gioconda, é claro, mas por um aspecto inédito. O quadro de Leonardo da Vinci, *A Gioconda*, já famoso, mas dentro dos limites do razoável e da história da arte, torna-se subitamente objeto de um extraordinário entusiasmo por parte do público depois de ter sido roubado do Louvre em 1911[19]. Esse entusiasmo se traduz

---

19. Cf. o *Traité de Jocondoclastie* de Jean Margat, publicado na revista *Bizarre* em 1959 e reeditado em 2007 pela editora La Maison d'à côté, com um DVD contendo o filme de Henri Gruel e Jean Suyeux, inspirado nas pesquisas de Jean Margat. Texto de Claire Margat: *La Joconde dans l'art du XXe siècle*.

pela exibição de Giocondas de todo tipo e tamanho nos mais inesperados suportes: cartas de baralho, xícaras de chá, pratos, latas de bombons ou biscoitos, canetas. Imagem vedete, símbolo: quanto mais Giocondas, mais arte... Essa profusão *kitsch* vem naturalmente acompanhada de deslocamentos, manipulações e transformações de toda sorte. É assim que surge a iconoclastia.

O movimento iconoclasta se apropria alegremente do tema. Jean Margat especifica e detalha seus incontáveis aspectos num estilo absolutamente oulipiano. Assim, o repertório das ações iconoclastas inclui, por exemplo, palmilhas com a efígie da Gioconda, 'giocondizadas', de certa forma. No entanto, essas Giocondas todas – comercialmente *kitsch* ou artisticamente críticas –, qualquer que seja o estado em que ainda se encontrem, são reconhecidas como 'Gioconda'. Mais ainda: no Louvre, o espaço onde estava pendurado o quadro antes do roubo é tão 'Gioconda' quanto o próprio quadro. Esse espaço vazio atrai e fascina os visitantes como um mausoléu, uma celebração. Vestígio de ausência, ele vale pela Gioconda. Mas qual é a relação que vincula o quadro *in absentia* e esse espaço na parede? Estamos diante daquilo que os estoicos chamariam de *lekton*, um dispositivo da linguagem pronto para acolher um elemento – uma frase, palavra, narrativa – e dar-lhe consistência, antes de retornar ao seu vácuo incorpóreo. Tanto as palmilhas giocondizadas como o vazio deixado na parede são vestígios em via de extinção, que estão deixando o nosso mundo e partindo para os espaços imperceptíveis dos *lekta*. Eu diria o mesmo de Bovary, cuja forma enquanto personagem se extingue lentamente numa espécie de atitude, de um 'não sei quê': o bovarismo. A pessoa 'Bovary' torna-se o nome de um processo de esgotamento de si[20].

À luz desses exemplos surge um terceiro fator. Quando Gustave Flaubert declara "Emma sou eu", quando se exibem palmilhas 'giocondizadas', a questão já não é de traços essenciais ou contingentes, imanentes ou transcendentes, ou ambos, e sim de um *lekton*, ou seja, a possibilidade de que de um nome surja alguma coisa. É pelo nome que Flaubert partilha algo com Emma, e não através de traços como 'fêmea, casada, mãe etc.': na sequência, é pelo nome Bovary, transformado numa espécie de abstração – o bovarismo –, que se cria um vínculo com *x* pessoas, todas acometidas pela mesma forma de autodestruição de Emma. Nesse sentido, o dandismo é igualmente uma atitude-conceito, com a diferença de que não se constrói a partir do nome próprio de uma personagem, que se chamaria 'Dandy', mas a partir de atitudes observadas empiricamente na vida cotidiana.

Chegamos então nesse ponto da pesquisa em que a obra de arte, que aparentemente prometia nos conduzir

---

20. Cf. Jules de Gaultier, *Le Bovarysme, essai sur le pouvoir d'imaginer*, Paris, Mercure de France, 1982.

aos mundos possíveis, quer abrindo-os, quer exigindo-os de modo a existir enquanto obra, é afinal tirada de campo. Qualquer que seja o lado pelo qual a abordemos, a obra não nos conduz aos mundos possíveis, não nos diz nada sobre eles; ela apenas mostra que eles são 'logicamente possíveis' e que podemos 'logicamente' admitir que eles são necessários para a sua extensão, se é que a obra deve mesmo se estender para além do objeto

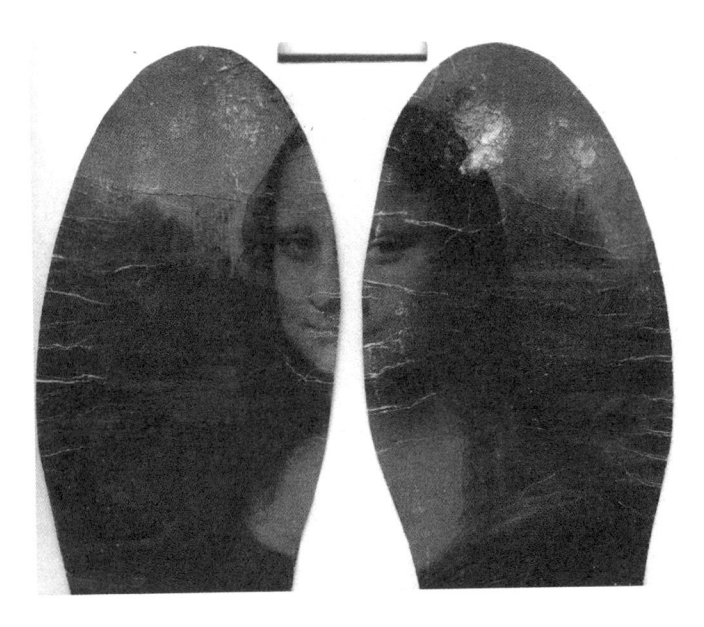

Jean Margat, *Jocondopedie* (1949), © Jean Margat.
Palmilhas recortadas na *Gioconda* e usadas durante uma viagem de ônibus, em 22 de abril de 1949, de Meknès-Ksar-el-Souk (380 km).

físico e mental que a constitui concretamente. Em nenhum momento, porém, a necessidade ou mesmo a possibilidade de mundos possíveis vem competir com o juízo estético. Não é a possibilidade de fabricar palmilhas giocondizadas que faz do quadro pintado por Da Vinci uma obra de arte.

CAPÍTULO 3
A ARTE ENQUANTO ÁLIBI

Cabe constatar, neste estágio da investigação, que a pesquisa efetuada sobre as diferentes formas de aceder a outros mundos revelou ser estéril, quer nos contentemos com um axioma genérico atribuindo às obras de arte a obrigação de abrir um mundo, sem especificar o que entendemos por isso ou de que modo elas supostamente operam essa passagem, quer, renunciando a acreditar no milagre, proponhamos buscar na própria estrutura da obra a necessidade de implementá-la. Mas nesse caso, como acabamos de ver, perdemos tanto a obra em si – que rapidamente se torna irreconhecível – como o mundo que ela explora e no qual desaparece. A única vantagem dessa exploração está em mostrar com mais clareza a questão da identidade da obra e das condições de possibilidade do juízo estético.

Fragilidade da identidade de uma obra: em que momento vamos dizer que um objeto x, em um dos mundos

W_1, W_2, W_3 etc., já não tem suficientes traços em comum com suas contrapartes para ainda ser reconhecido como x? E, por conseguinte, que instância irá julgar essa 'parecença' ou essas novas identidades, e com que critérios? A asserção "isto é uma obra de arte" – devemos ter isto bem claro – está, de fato, sujeita a variações ligadas ao gosto dominante de uma época, aos afetos que esse gosto propõe e provoca, e não à qualidade intrínseca da obra. Inversamente, não podemos julgar seu *status* de obra pela quantidade de contrapartes denotáveis em 'seu' mundo ou em outro. Dizer então que a obra de arte se define por sua capacidade de abrir um mundo é uma impostura, na medida em que, caso ela abrisse para alguma coisa, seria para o seu esgotamento enquanto objeto definido e identificável[1]. A 'verdadeira' Gioconda, caso se abra para alguma coisa, abre-se para aquilo que não é mais ela, para um universo de Giocondas, todas distintas, que levam a duvidar da unicidade daquela que conhecemos.

Essa observação nos traz de volta à nossa condição mundana: habitamos um mundo – o nosso, que denominamos 'real' – a partir do qual julgamos, avaliamos, comentamos os outros mundos. Nós é que julgamos que, de fato, a 'nossa' Bovary desapareceu, que a 'nossa' Gioconda já não tem mais forma humana ou que é impossível esse

---

1. Essa forma irônica de assegurar que a vida de uma obra depende do esgotamento de seu caráter de obra pode nos ser agradável, mas não creio que tenha sido este o ponto de vista dos fenomenólogos.

indivíduo possuir duas cabeças e estar onde ele não está. Nesse momento, o juízo que emitimos sobre essas entidades errantes não é um juízo de autenticidade, nem tampouco um juízo de verdade. Trata-se antes de um *enunciado* que introduz a obra numa categoria de objetos denominados 'obras de arte', enquanto objeto possuindo algumas similaridades com outros objetos já elencados nessa categoria. Agimos como o etnólogo que, confrontado a uma linguagem autóctone, procura, tateando, juntar unidades aparelháveis.

Nesse sentido, o enunciado "isto é uma obra de arte" indica o leque dos possíveis e assinala o limite até o qual um objeto pode legitimamente reivindicar esse *status*. Menos positivo do que se costuma pensar, tal enunciado designa refutando. O que é suprimido, aquilo a que ele é renunciado, são todas as obras que não são 'de arte', às quais não é dado esse crédito. Trata-se aí não de um juízo estético, ou seja, 'de gosto', e sim de um juízo que pertence, no âmbito dos juízos modais, àqueles que tratam do que é logicamente possível e indicam o ponto até o qual podemos ir para dar crédito a uma asserção. Discernimos, com efeito, no plano de fundo do juízo de gosto, uma lógica dos possíveis.

Aristóteles já encaixara esses possíveis, no que diz respeito à ficção, numa classe específica: a verossimilhança. E, na *Poética*, ele entregara seus limites à *doxa*. Nem tudo é 'possível', existem limites para a derivação das obras e, segundo ele, a opinião comum é que julga a credibilidade e estabelece a fronteira com o incrível, a despeito de qualquer outra consideração. A expressão "Há que preferir o impossível verossímil ao possível em que não se pode crer"[2], se permanece atual no que diz respeito às ficções, é igualmente atual no tocante ao universo das crenças sem as quais não poderíamos sobreviver. A diferença é que a *doxa* já não é o único juiz da credibilidade das crenças; seu tribunal julga tão somente as ficções existentes, e no que concerne às derivações das obras e dos problemas que apresentam para serem julgadas, temos de recorrer a outros critérios. Na verdade, toda uma aparelhagem lógica complexa é apenas suficiente. O que é preciso de fato para que seja válido o enunciado "isto é uma obra de arte"? É preciso que exista um universo dentro do qual os possíveis tenham necessariamente um lugar, pois o que é 'logicamente necessário' é que um objeto projetado num mundo diferente seja 'possível' nesse outro mundo. O que significa que os mundos W_1, W_2, W_3 etc., onde se encontraria o objeto, devem ser, eles próprios, logicamente possíveis.

Vamos tentar explicitar melhor esse ponto, que me parece importante. Na tradição convencionada a que adere a maioria dos teóricos da arte, a obra é habitada por uma necessidade imanente que constitui sua força (a obra é necessariamente o que é) e cujo poder se exerce fora dela, em direção ao público, de acordo com certas vias e manifesta-

---

2. Aristóteles, *Poética*, 1460a 27.

ções possíveis. Segundo esse esquema, o possível vem depois da necessidade, da qual constitui como que uma auréola degradada. Ele é associado à contingência e aos acasos 'técnicos', vítimas de determinações externas. Em compensação, na versão de uma lógica dos mundos possíveis, o possível é dado como condição: não pode haver nenhuma proposição *logicamente necessária* se não houver um mundo *logicamente possível* no qual essa proposição seja possível. Numa formulação um tanto condensada, poderíamos dizer: *é necessário que existam mundos possíveis para que proposições logicamente necessárias sejam possíveis nesses mundos*.

Ora, no que diz respeito à arte, está aí uma proposição propriamente desconcertante; desconcertante no sentido próprio, aliás, uma vez que é desconcertada a relação entre a obra e suas interpretações. Estas, agora, antecedem a obra que supostamente estariam interpretando ou são, no mínimo, simultâneas a ela. Não há qualquer preeminência de uma sobre as outras, do original sobre suas cópias, contrafações ou contrapartes. Delineia-se como que uma nuvem de improbabilidade para a obra em si, ao mesmo tempo que se esboça um mundo de possíveis, onde a arte é convocada como sendo a única capaz de permitir um vislumbre desse universo inconsistente. Capaz não de lhe dar um sentido (o que em geral é proclamado como sendo sua função primeira), mas de entrar e fazer entrar nesse jogo de modos de pensamento não padronizados. É essa a tarefa que assumiram alguns estetas, filósofos e artistas, ao propor a arte como um guru dos mundos alternos, com a teoria e, sobretudo, a prática dos *multiversos*.

Por essa visão, o horizonte 'aberto' não teria nada de um outro mundo, externo ou dependente da obra; não se trataria da extensão de uma realização já existente; não se trataria mais de alografia, nem tampouco de transcendência no sentido genettiano – não, não estamos nem no interior, na identidade de uma obra que se basta a si mesma, nem no exterior, em sua extensão ou implementação, e sim no momento de uma gestação em que todos os possíveis se acham reunidos numa multiplicidade simultânea. É então de uma *ontologia do possível* que se trata, e de que temos de tratar.

POÉTICA DA MULTIPLICIDADE[3] E TEORIA DOS MULTIVERSOS

Multiversos, o termo é de William James[4]. Desde então, fez carreira nas teorias astrofísicas, com equivalentes como *alternative universes*, *quantum universes*, *parallel worlds*, *alternate realities*, *alternative timelines*, e, mais recentemente, nos jogos *on-line* – vários portais são dedicados aos jogos multiversos (com nomes como *Dragon ball multiverse* etc.). Em estética, o termo *multiverso* remete a uma reflexão que deve

---

3. Título do capítulo 9 de *Musiques Nomades*, de Daniel Charles, Paris, Kimé, 1998.
4. Em *A pluralistic universe* (1909). Cf. a tradução francesa: *Philosophie de l'expérience: un univers pluraliste*, prefácio de Lapoujade, Paris, Les empêcheurs de penser en rond, 2007.

muito a Ernst Bloch, Gilles Deleuze e John Cage, retomada por filósofos da música como Daniel Charles[5]. Trata-se de pensar a obra não como resultado acabado de uma prática, e sim como um processo, a obra-processo vindo então se opor à obra-objeto e substituí-la.

Essa proposição parece hoje em dia estranhamente banal: poucos artistas ou teóricos escapam daquilo que se transformou na palavra de ordem da arte atual: a obra é aberta, nunca concluída, indefinida em seu *processo* aleatório (ou definida por sua não determinação), e consiste na sua própria não consistência, se é que podemos falar assim. Do mesmo modo, hibridação e compenetração dos suportes e conteúdos, transvasamento, explosão e proliferação dos espaços de recepção, que são os traços comprovados da prática artística contemporânea, são também traços, por assim dizer, 'dóxicos', que remetem à ontologia de fundo de que são uma manifestação ou 'realização'.

Se existe banalidade no que diz respeito à arte e ao pequeno mundo que gira em torno das obras, essa banalidade serve, porém, de esboço premonitório para pensar os mundos possíveis. Daniel Charles não estava errado quando, em seus últimos livros, apontava para a relação existente entre as formas 'multiversais' da música contemporânea e os conceitos utilizados pelas tecnologias da

---

5. Daniel Charles, *Musiques Nomades* (ver notadamente os capítulos 9, 14 e 15).

informação, o espaço da web enquanto espaço de transformação das estruturas espaçotemporais tradicionalmente aceitas – estruturas que a arte, por sua vez, tratava de pôr a descoberto. Uma teoria dos *multiversos* se anuncia, então, como configuração prática dos tempos plurais e dos espaços sem vetor, que vai ao encontro de, convive com e às vezes adota as vias do digital. Com efeito, é perfeitamente possível – e a arte musical não esperou, para isso, a atual febre das tecnologias digitais – considerar as múltiplas temporalidades que se compõem entre si como uma matriz em que se geram linhas de som do mesmo modo como o virtual, em informática, é pensado como uma matriz de possíveis atualizações, das quais, porém, se mantém distinto (o virtual não se esgota em seus possíveis).

Uma estrutura espaçotemporal transtornada

Fluxo de tempo: antes de tudo, pensar a obra como processo equivale a pensá-la segundo o tempo. O tempo se torna o suporte da criação, em detrimento do espaço, até então considerado o principal material – sendo as artes plásticas o exemplo por excelência da atividade artística. Vimos assim, com Goodman e Genette, as obras se desdobrarem no espaço em extensão, se desfazerem de seu caráter único em busca de existências alotópicas e alográficas[6]. A

---

6. Conforme a parte II, capítulo 2 deste livro.

repetição, que depende do tempo, era um dos fatores dessa extensão, mas não a definia fundamentalmente; repete-se alhures, desloca-se, em suma, mas nessa operação o que conta é o aspecto espacial. A extensão se manifesta nas obras acabadas sob forma de acréscimo de unidades deslocalizadas. Existe, aqui e lá, uma mesma obra, Gioconda em Abu Dhabi e Gioconda no Louvre – ambas distantes no espaço, porém uma só, a distância temporal não entrando em linha de conta. O acréscimo não as transforma, mas conserva-as tal qual, dispondo-as lado a lado; assim, a obra, mesmo aberta, mesmo tida como alográfica, permanece um objeto fixo, e as interpretações e variações que ela suscita acontecem *fora* dela; a multiplicidade é, então, uma extensão do mesmo, qual a multiplicidade de caixas Brillo* ou as incontáveis Marylin.

Bem diferente é a *multiplicidade simultânea*, que significa pensar um tempo a se desdobrar na intimidade da obra: a multiplicidade é interior ao processo, ela cria um processo, e para entender essa multiplicidade temporal por si mesma, o modelo já não está nas artes plásticas, e sim na música, como observávamos há pouco. Husserl – sempre ele – acompanhou as linhas de fuga e recuo desses fluxos temporais em tensão, que são distintos, cada qual numa linha, ao mesmo tempo que são apresentados juntos

---

* Ou *Brillo Box*, escultura de Andy Warhol que utiliza embalagens de papelão da marca de esponjas de aço *Brillo*. (N.T.)

numa continuidade indivisível; diz ele que: "As unidades imanentes se constituem no fluxo das multiplicidades temporais em *degradé*"[7]. A unidade não é desfeita pela multiplicidade, pelo contrário; quem sabe até não exista nenhuma unidade possível na composição e disposição das linhas múltiplas de tempo que a constituem. A multiplicidade pode assim ser definida não como pluralidade de unidades em sucessão, ou adição, mas como múltiplas vias de acontecimentos possíveis no âmbito de uma unidade. O plural adiciona entidades, mas o múltiplo, paradoxalmente, reúne o diverso numa totalidade; lembremos a gota de vinho misturada ao mar inteiro dos estoicos. Tal mistura não é acréscimo nem percentagem, e sim nomadismo e osmose.

Lembramos também, então, das séries e sequências, da progressão não linear, do desenvolvimento de um germe, dos grãos de tempos simultâneos. Pois "a serialidade é um grupo comutativo que expressa, mediante uma transformação pautada, a lei pela qual as sequências isoladas são passíveis de se sucederem"[8]; a multiplicidade borbotoante não explode de qualquer maneira, ela respeita a coerência de um conjunto (a obra se fazendo) cujas partes refletem o todo. Ora, pensar a série e a sequência como sendo simultâneas é confrontar as dimensões do tempo. Um

---

7. Edmund Husserl, *Leçons sur la phénoménologie de la conscience intime du temps*.
8. Daniel Charles, *Musiques nomades*, p. 123.

agora que não é puro presente – o presente não existe em estado puro, sendo tanto passado como futuro composto, ou mesmo o pretérito do condicional – e um presente pressentido, para o qual se dirige o processo como um todo. Ordem não local, forma dinâmica jamais concluída, não sucessiva: o tempo não se compõe de um antes e um depois casualmente encadeados; ele é 'síncrono', compreendendo todos os tempos num só. Esse tempo musical da multiplicidade simultânea é, segundo Ernst Bloch, o tempo de uma *utopia concreta*.

Partituras-processos e linhas de tempo

Multiplicidade, sem dúvida, mas qual a relação entre essa *simultaneidade múltipla* e a hipótese dos *multiversos*? Ao que escreve Daniel Charles, as obras que deixam ao tempo a possibilidade de emergir numa profusão de 'linhas de tempo' defasadas uma em relação às outras, sem cerceá-lo com estruturas, dão início a um processo de pensamento *multiversal*. Com efeito, sem nenhum centro de onde partir uma programação, sem formas preestabelecidas, cada uma dessas obras seria, por si só, um universo em via de realização, e o seu conjunto – jamais fechado, sempre emergente – se identificaria a um *multiverso*. Há mais que isso, porém: essas obras, cada qual se desenvolvendo dentro de seu próprio ritmo, traçam entre si, e entre os diversos domínios ou zonas de obras possíveis, um caminho transversal; as composições musicais não são as únicas a pensar em polifonia e polirritmia: esses modos migram em todas as direções. Uma partitura-processo, por exemplo, pode ser tanto a lista de compras que eu rabisco num pedaço de papel antes de sair como as listas de objetos apresentados num catálogo, ou ainda as 'definições/métodos' de um Claude Rutault[9].

Todas essas 'partituras' obedecem à mesma ontologia subjacente que as une: os fluxos tomam a precedência sobre a estabilidade, a indeterminação sobre as regras, a ociosidade sobre os padrões e o aleatório sobre as estruturas rígidas. As obras situadas dentro dessa movência fazem emergir, com efeito, uma pluralidade de mundos que se interpenetram de forma imprevista, mas não imprevisível[10], e introduzem o acaso em sua construção ordenada; nesse sentido, os *ready-made* duchampianos e o universo deleuziano dos rizomas entram nessa dança e embaralham as distinções tradicionalmente aceitas entre ruído e som, acabado e inacabado, moldura e extracampo. Essa ontologia do 'ainda-não-ser', enquanto tal, tornou-se praticamente banal – foi banalizada pelo uso, como pode ser

---

9. A 'definição/método' é um texto programa que permite efetuar uma pintura de Claude Rutault. O texto define um objetivo a ser alcançado, mas deixa livre a escolha das modalidades da realização, escolhas que antes eram a condição em si da existência do artista. A infinidade de ligações possíveis é mostrada através de vários exemplos de percursos que, ao mesmo tempo, constituem um estímulo para que cada usuário do site vá, sozinho, mais além.

10. O conceito de penetração sem obstrução, caro a Cage, é tirado do Avantamsaka Sutra (séc. VII-VIII).

diariamente constatado nos artistas contemporâneos. Uma profusão de pontos de vista, um constante desenquadramento ou descentramento, estão em ação nas obras contemporâneas, quaisquer que sejam seus suportes, esses mesmos suportes sendo incrementados, fragmentados e recompostos a fim de constituírem híbridos. Pode-se, então, imaginar linhas de mundo atravessando o universo da arte (sua região) para nela formar pequenos estados (*multiversos*), sempre em via de aparecimento/desaparecimento, independentes um do outro, rebentados e, no dizer de Daniel Charles, 'nomadizantes'.

Nomadizar?

Os estados nômades são estados provisórios – são antes devires, ordenações de fragmentos, sempre se decompondo para então se recomporem. Seu próprio conceito é fundamentalmente contraditório, pois a permanência ou 'estado' contradiz a errância, e nele o lugar não é tanto um lugar mas um conjunto atravessado por passagens – conjunto em via de constituição mediante essas próprias passagens. Com efeito, nomadizar não é o feito individual de um artista ambulante, nem de um grupo a nomadizar sozinho. Nômade não é o músico, nem os músicos; é a própria música, mas não essa ou aquela obra, e sim a música em seu conjunto, esta que só se compreende de fato segundo a ficção do tempo. O verbo 'nomadizar' se conjuga no particípio presente no frequentativo*. Como queriam os estoicos, julgando que uma ação nunca é detida, que a árvore é mais verdejante que o verde, e que a enunciação toma a precedência sobre o enunciado. Nesse sentido, o nomadismo nomadizante vai, evidentemente, ao encontro da desterritorialização deleuziana, a qual rejeita igualmente um centro fixo, percursos medidos e solos de certeza. Com efeito, o nomadismo não é um conceito tão simples como parece e, como já vimos com a 'nomadologia' de *Mil platôs*, é paradoxal o *status* do nomadismo; sua relação com o território, mesmo que apenas para desterritorializá-lo (ou desterritorializar-se), é no mínimo desconcertante[11].

Para entender o que significa nomadizar, a análise da relação entre 'permanência' e 'lugar' – duas noções que são antes atitudes-conceitos do que construções conceituais, e que adviriam, segundo Daniel Charles, da filosofia nipônica – é esclarecedora; identificamos aí o paradoxo vital que anima o nomadismo, o de uma 'permanência sem lugar' e/ou de um 'lugar sem permanência' (onde morar senão num

---

* O francês preserva ainda o particípio presente ('*nomadizant*'), existente no latim. Em português, manteve-se apenas o particípio passado ('nomadizado'), embora persistam em nossa língua inúmeros adjetivos, reconhecíveis pela terminação '-nte', cuja origem remete àquele tempo verbal latino: 'constante', 'vivente', 'cadente' etc. (N. T.)

11. Um exemplo dessa dificuldade de definir o nômade, tirado de *Mil Platôs*: "Se o nômade pode ser chamado de 'Desterritorializado' por excelência, é justamente porque a reterritorialização não ocorre depois, como com o imigrante, nem em outra coisa, como no sedentário [...], a desterritorialização é que constitui a relação com a terra, tanto que ele se reterritorializa sobre a própria desterritorialização".

lugar, e o que é um lugar se não é uma permanência?)[12], uma vez que não se trata, no nomadismo a Deleuze, que é também o de Daniel Charles, de alguém ou algo se deslocar frequente ou constantemente para ser *ipso facto* qualificado como nômade. É preciso também que o território percorrido seja ele próprio nômade, que esse território não tenha, na verdade, nada de território, mas que ocupe um espaço sem características, anormal. Verdade é que o *mâ* japonês é mais apto a dizer esse espaço do que as palavras de nossa língua. Paisagem escorregadia, suspensa, inerte, em que descansar não significa 'ficar aí', e sim escansão, passo suspenso entre o andar e a parada num percurso indeterminado.

Isso tudo não deixa de colocar diversos problemas: "Poderá uma obra se sustentar", pergunta ainda François Nicolas, "no projeto de intervir numa situação-universo e o desejo de nomadizar entre diferentes situações?"[13]. Poderia a ideia de uma multiplicidade simultânea responder ao paradoxo do nomadizante?

Pluri ou multiverso

Multiplicidade simultânea, então. Mas acaso obtemos, com isso, uma pluralidade de universos distintos, como se,

---

12. Cf. Nishida Kitaro, *Logique du lieu et vision religieuse du monde*, Paris, Osiris, 1999.
13. Cf. a discussão a esse respeito no artigo de François Nicolas: "Qu'est-ce qu'une musique nomade pour Daniel Charles?" no site <www.entretemps.asso.fr/nicolas>.

por exemplo, houvesse um universo específico para cada obra, tendo seu centro e sua temporalidade própria e autônoma em relação a todos os demais? Ou cada suporte artístico (pintura, música, poesia etc.) seria, de si para si, um universo com regras próprias de funcionamento e correspondência (ou tradução) ligando-os flexivelmente entre si, assegurando assim uma espécie de coesão num multiverso chamado 'arte'? Mas a que nível metalógico se situaria essa coesão? Será o múltiplo a soma de várias unidades?

> Fazer proliferar os tempos, fazer proliferar os centros, desdobra um pluriverso que poderia ser uma simples repetição do universo, um empilhamento de universos, sem que isso, no fundo, ultrapassasse a própria categoria de universo[14].

Essa obra seria uma unidade absoluta com seu próprio universo ou faria parte de uma série de unidades com identidade própria (a série de todos os autorretratos, por exemplo)? Mas, então, não estaríamos voltando à classificação tradicional das artes por gênero, o conjunto dos gêneros constituindo a arte em geral, com A maiúsculo? A introdução do conceito de *multiverso* se reduziria, afinal, ao clássico *pattern*: privilegiar a autonomia, ou seja, a identidade de cada obra em sua diferença fundadora (sua ontologia sub-regional, por assim

---

14. François Nicolas, "Qu'est-ce qu'une musique nomade pour Daniel Charles?".

dizer), levando em conta, porém, sua relação com um foco comum, uma ontologia regional ou provincial denominada 'arte'? Essas perguntas permanecem sem resposta.

No entanto, embora as questões levantadas pela hipótese dos *multiversos* sejam bastante ambíguas, o fato de serem levantadas já indica uma legítima preocupação em fugir da centralidade e do tempo únicos. Da mesma forma, o *multiverso* põe na primeira fila das preocupações a questão das ontologias regionais ou relativas e, nesse sentido, estamos de fato num universo *pluralistic*, em que a pesquisa no domínio da arte está mais focada na maneira de assegurar e assumir a diversidade das obras, na sua explosão interna e sua disseminação do que nas maneiras de encerrá-las, imobilizá-las em sua pose museal e patrimonializá-las.

Mas principalmente – e é o que a mim interessa para pensar os mundos possíveis – os *multiversos* representam, pela maneira como fazem obrar as multiplicidades internas das obras em projeto, o que mais se aproxima de uma passagem da *ürdoxa* para uma exteriorização possível, do 'mundo da vida' desorganizado e quase caótico para uma provável conformação. Do mundo compósito do plano de fundo arcaico para o fundo formal, formatado e dominado, que é o de toda realização, qualquer que seja seu *status*. O que significa que, em matéria de e na região da arte, os *multiversos* são aquilo que mais se aparenta a uma busca por mundos alternos em que as estruturas espaçotemporais, mesmo não sendo totalmente novas, são pelo menos abaladas. De modo que essa ontologia de acontecimentos, intervindo no antemomento da realização – a do *ainda não* – enquanto lógica de determinados processos do pôr-em-obra da obra, constituiria então um dos modos possíveis da ontologia regional que diz respeito à arte; mas, para além dessa função, ela ainda cumpriria outro papel: o de nos encaminhar para uma reflexão sobre a acessibilidade aos mundos possíveis. Com efeito, longe de abrir para outro mundo, é ao mundo da evidência escondida, do intuitivo arcaico, dos apegos ao solo-terra-*arché* que o trabalho da obra se apega; nesse caso, a transcendência se situaria não na expansão fora de si da obra realizada, como era o caso, lembremos, nas teorias extensionistas, e sim no nível primeiro, inicial ou original, do antepredicativo; o trabalho da obra em obra teria, então, de ser pensado como uma tentativa de se arrancar dessa base, de encontrar uma linguagem para essa *arché*, traçando o caminho de um devir 'evidente', ou seja, visível ou sensível na linguagem da vida cotidiana.

Não se trata, porém, de a obra expressar um subnível ou infranível de consciência pessoal, e sim de ela estabelecer uma relação entre o nível liminar da realidade (a experiência do habitar) e uma 'ontológica' (um *logos* apropriado à construção de um objeto). A questão é essa relação, essa passagem de um plano para outro, para a qual é preciso tentar achar um meio de interpenetração. A *interpenetração sem obstrução* com que sonhava Cage é, sem dúvida, utópica, mas é também assim que ela se revela desígnio. Cabe supor que todo o trabalho da obra está nisso, nesse entremeio um tanto escancarado em que os dois níveis – o transcendental e o formal – se enfrentam, tratam de negar um ao outro, de se somarem para se separarem em seguida. Entre o antepredicativo e a predicação existe um hiato, um vazio que nada (nem sequer a obra) vem preencher: as duas ontologias não coincidem, mas há que mantê-las juntas sob pena de renunciar a todo conhecimento e à arte. A utopia está em não poder juntar dois níveis de evidência sem entrar em contradição e, ao mesmo tempo, essa juntura parecer absolutamente necessária.

Assim, a questão não é abrir um outro mundo, nem descobrir a forma de fazer um mundo (ou vários), e sim pensar o acesso deste mundo para os mundos possíveis; ora, a essa pergunta os *multiversos* propõem uma resposta paradoxal e que permanece: as obras multiversais atestam esse hiato entre mundos e, mais que isso, celebram esse hiato e, junto com ele, algo como a impossibilidade de uma passagem.

TERCEIRA PARTE

MUNDOS ALTERNOS E ONTOLOGIAS

Chegamos à terceira parte desta pesquisa. Quer parecer-me que algo mudou desde o momento em que começamos a falar dos mundos, da sua possibilidade e, depois, da arte e de suas formas de se apresentar. Das antigas teorias sobre o mundo, ou mundos, até os questionamentos atuais sobre o *status* da ficção na construção da realidade, os princípios e certezas, as formas de dar ordem aos objetos do pensamento, as definições e as determinações causais, tudo isso parece não ter mais influência sobre as realidades contemporâneas. Como se essas 'realidades' saíssem, por seu turno, a viver sua própria vida, enquanto vamos ao seu encalço com ferramentas pouco afiadas para trazê-las de volta ao caminho certo... Não que essa disparidade seja muito nova, uma vez que constitui o motor de toda pesquisa, mas quer parecer que as novas tecnologias da informação (as TIC, como eram chamadas até pouco tempo atrás) cavaram uma distância mais profunda, que um hiato se instalou entre nossos modos de pensar e de fazer habituais e aquilo que se passa do outro lado do espelho que não enxergamos e ao qual não temos como ajustar nossas ferramentas. Paralelamente, levar em conta esses espaços tecnológicos revela as falhas, as incertezas dos espaços a que estamos habituados e que até então julgávamos dominar.

A mais perturbadora das novas abordagens é certamente esta que diz respeito à realidade do mundo que habitamos. Estamos, sem dúvida, acostumados a encarar a ficção como sendo parte da realidade e falamos com indulgência sobre esses mundos de sonho em que a arte introduz como que realidades segundas, mistas, mais leves do que aquelas em que nos envolvemos na vida. Assim, não é difícil de aceitar que possa haver, acobertada pela ficção, uma quantidade de mundos 'possíveis' a envolver, feito um halo evanescente, o núcleo duro da realidade. Em compensação, que esses mundos 'possíveis' sejam consistentes, ou 'persistentes', já é mais difícil de admitir, e não estamos preparados para atribuir uma realidade plena aos mundos artificiais elaborados pela técnica.

Tal atitude é bastante evidente em todos os discursos acerca dos jogos *on-line* do tipo *Second Life*. Proibições ou simples recomendações, o uso desses jogos está sujeito a restrições de ordem ética e política: acaso os jogadores não irão confundir ficção com realidade, ou mergulhar na irrealidade total, arriscando-se a perder a saúde física e mental?

É grande a preocupação, adornada com quantidades de argumentos acessórios bem conhecidos e totalmente contraditórios: o medo das máquinas e o elogio da modernidade, o elogio da modernidade e a rejeição à arte contemporânea, o elogio da espiritualidade e o medo do virtual, o gosto pelo conforto digital e o elogio do natural etc. A realidade (estar dentro da) significa que aceitamos todos ou parte desses pensamentos acessórios, sem saber exatamente no que 'realmente' consiste a realidade a que somos tão apegados, como tampouco sabemos, por outro lado, quais são esses objetos estranhos que mantêm relações suspeitas com forças quase ocultas. Prova suplementar, caso fosse necessária, estaria na crença coletiva num mundo único e na não existência de outros. Depois de pensar que a arte nos abriria uma via quase régia para apreender essas novas realidades, cá estamos, porém, forçados a reconhecer o fracasso: não é a arte, mesmo em sua versão multiversal, que desestabiliza nossos pensamentos habituais e modos de comportamento, permitindo aceder a outros mundos; a arte serve tão somente de máscara para o insuportável poder da *techné*.

Precisamos, portanto, mudar nossa abordagem: em vez de nos interrogarmos sobre a maneira de aceder aos mundos alternos, não seria o caso de nos interrogarmos sobre o motivo pelo qual não podemos fazê-lo? É bem possível que essa interrogação nos leve à conclusão paradoxal de que a própria arte, com seus pressupostos fundadores, é que constitui o maior obstáculo a essa acessão. O que significaria que aquilo que nos parecia um modelo para compreender os mundos alternos é também, essencialmente, o que nos impede de penetrá-los.

Se estiver correta essa intuição, cabe-nos torná-la aceitável, desenvolvendo-a; assim, iremos interrogar as várias ontologias que presidem as operações do conhecimento e a lógica da arte. Serão diferentes, e, caso afirmativo, como e no que diferem? Iremos compreender a ação singular que elas exercem em seus domínios respectivos (Capítulo 1 – Ontologias deslocadas). Então, colocar-se-á a questão da possibilidade ou impossibilidade de acessar os mundos alternos: será possível um desvio, e qual será a forma que ele assume? Teremos de explorar o *status* dos avatares que povoam os mundos ditos 'artificiais' e tentar criar-lhes uma definição (Capítulo 2 – Jogos, avatares e mundos persistentes). Por fim, uma última pergunta: devemos esquecer, redefinir ou substituir a noção de realidade (Capítulo 3 – Realidade, utopia concreta e *qua*)?

CAPÍTULO 1
ONTOLOGIAS DESLOCADAS

A ontologia, ou ciência do ser enquanto ser, requer um tipo de conhecimento ou compreensão que tem o nome de *filosofia*. No esquema de um mundo único, o ser de tudo o que existe é geralmente tratado como aquilo que é comum a todos os seres e ao ser do mundo. Todos partilham de uma mesma essência, que a inteligência aspira a conhecer. É essa uma exigência coletiva, que perpassa a história do pensamento e permanece atual; cabe perguntar-se, contudo, sob que forma essa exigência se manifesta nos dias de hoje, num mundo que se artificializa constantemente. Tal mundo estaria exigindo uma reconceitualização ontológica? É o que parece estar ocorrendo, e que permitiria, libertado daquilo que é, refletir mais livremente sobre mundos possíveis.

Essa virada, porém, não deixa de apresentar ambiguidades; com efeito, duas orientações do conceito de ontologia convivem e, vez ou outra, se mesclam, causando então equívocos e desacordos. Assim é que os filósofos do ser se sentem traídos pela relativização do conceito operada por alguns lógicos[1] e pesquisadores da teoria da informática, ao passo que, paralelamente, estetas e artistas se sentem chocados por seu uso intempestivo; a seu ver, o termo em si indica o sagrado e explora desmedidamente a veia religiosa já tão presente na opinião comum sobre a arte, de modo que preferem evitar tanto a palavra como a coisa, e se fiam a definições funcionais ou eventualistas[2]. Assim, antes mesmo de nos perguntarmos qual ontologia poderíamos considerar para abordar os mundos possíveis, cabe especificar de imediato em que sentido tencionamos empregar esse conceito.

Ontologia *versus* ontologias

Não temos o costume de usar o termo 'ontologia' no plural; ao tentar fazê-lo, temos quase a impressão de estar cometendo um sacrilégio, matando Deus pela segunda vez.

---

1. O título da obra de Willard V. O. Quine (*Relativité de l'ontologie et autres essais*, Paris, Aubier, 1977) não deixa nenhuma dúvida sobre sua posição.

2. As coisas se complicam até quando, na esteira das análises anglo--saxônicas, certos teóricos da arte como Roger Pouivet ou Jacques Morizot criticam o uso do conceito de ontologia no sentido primeiro de 'ciência do ser' e empregam o termo em seu segundo sentido: o de ontologia relativizada que diz respeito aos processos de pôr-em-obra da obra, ou seja, um conjunto de ferramentas e métodos orientados para a realização de objetos específicos, denominados 'obras de arte'. Trata-se, então, de '*status* ontológico específico'.

Temos, porém, de admitir que outras instâncias participam da busca dessa ciência do ser, e que o próprio termo derivou do reino da abstração metafísica para este, mais terra a terra, dos objetos concretos artificialmente produzidos e do modo como são produzidos. Assim, por exemplo, o termo 'ontologia' (sem maiúscula) foi adotado pelos especialistas da inteligência artificial para designar o conjunto de operações e ferramentas conceituais empregadas na simulação de um raciocínio; trata-se de um "conjunto de conceitos, propriedades, axiomas, funções e limitações explicitamente definidos"[3].

> Uma ontologia define tanto termos básicos e relações que envolvem o vocabulário como as regras combinatórias desses termos que permitem sua extensão[4].

Estão aí duas definições que antes nos aproximam de uma epistemologia do que de uma metafísica, o que é um tanto desestabilizante para o pensamento clássico, o qual atribui exclusivamente à *filosofia primeira* o direito de tratar do ser ou, numa palavra, a ter acesso à ontologia. Ver a Ontologia sendo digerida e colocada a serviço de objetivos determinados pelo pensamento técnico parece ser, então, um autêntico abuso de poder. Pois assim como os termos imanência e transcendência, emprestados

---
3. Fabien Gandon, *Ontologias informáticas*, <http://interstices.info/ontologie>.
4. Thomas R. Gruber, "Toward Principles for the Design of Ontologies Used for Knowledge Sharing", *International Journal Human-Computer Studies*, 1995.

sim como os termos imanência e transcendência, emprestados da filosofia primeira, foram desviados para servir a uma reflexão sobre a arte, levando-nos, malgrado nosso, a essencializar as obras, o termo 'ontologia' conserva um aroma metafísico de fundo, difícil de ser esquecido. O fantasma ontológico permanece profundamente inscrito em nosso uso da língua e, como escreve Olivier Lahbib, livrar-se desse fantasma implica em se desfazer da "aberrante e suicida adoração do Ser"[5], empreendimento fenomenal em si. Há que contar, com efeito, com o escândalo representado por esse salto de Ontologia para ontologias.

No entanto, se os filósofos do Ser ficam assim chocados pela apropriação da ontologia por parte da lógica ou das ciências da informação, esquecem, na maior parte do tempo, de ficar chocados com a investida husserliana, com sua intenção de desontologizar o pensamento e substituir, em parte, a ontologia pela lógica. Trata-se, contudo, de um mesmo projeto – o de renunciar à ciência do Ser – e de duas iniciativas paralelas: o que vem em primeiro é a *onto-lógica*, iniciativa que tende a definir os princípios que fundam e constroem o objeto de conhecimento em geral, e os modos de construção apropriados a cada objeto. Em suma, trata-se de saber 'o que é' e como esse 'o que é' foi produzido, a fim de (re)conduzi-lo a ser novamente.

Por que, então, esse anátema? Será porque, num dos casos, o *status* do pesquisador especialista em novas tecnolo-

---

5. Olivier Lahbib, *Langage et ontologie chez Husserl* (2005). Disponível em: <http://mondodomani.org/dialegesthai>.

gias lhe proibiria de mexer com a filosofia primeira, de que ele não seria digno, e, no segundo caso, o *status* de filósofo absolve Husserl de qualquer suspeita de desminagem e desmantelamento da ontologia, assim como de qualquer possível escândalo? Pode ser, mas o mais provável é que tenhamos esquecido parte do propósito husserliano: a parte relativa à necessidade de passar por uma lógica comum, uma lógica formal, para abordar os objetos do mundo que essa mesma lógica permite construir. De modo que também esquecemos que esse propósito dá início à passagem da Ontologia com maiúscula para as ontologias com minúscula.

Com efeito, essa 'propensão a falar nos objetos', como diz Quine, foi suprimida pelo fluxo lírico de um retorno ao Ser enquanto ser, retorno de que Heidegger foi o herói, que ele atualizou constantemente e que agrada. A virada ontológica assim encetada encobriu ou ofuscou as *Pesquisas* husserlianas[6]. A lógica de Husserl permanece, assim, um domínio quase que reservado aos especialistas, um tema de 'conversações' e comentários quase que privados, que não ultrapassa as fronteiras da instituição filosófica e não é, portanto, convocado ali onde seria útil, onde teria sua razão de ser, ao passo que, por outro lado, florescem as apologias exaltadas do retorno ao desvendamento do Ser, encontradas principalmente, há que dizê-lo, no domínio da arte.

---

6. Sobre a polêmica Husserl/Heidegger, cf. Dorion Cairns, *Conversations avec Husserl et Fink*, Grenoble, Millon, 1997.

Decidi, então, voltar a Husserl para compreender o que seria possível, hoje em dia, entender sobre a possibilidade de ontologias dos mundos alternos. Nesse sentido, as proposições husserlianas oferecem dois pontos de vista praticamente opostos, que vou tentar esclarecer separadamente antes de confrontá-los de forma contrastada.

Husserl, antes de tudo, distingue regiões específicas de conhecimento às quais se adéquam ontologias então ditas 'regionais', que constituem entradas no assunto com métodos e ferramentas. Ou seja, enquanto conjunto de conceitos permitindo construir os domínios visados, o projeto husserliano volta-se claramente para o concreto, para ontologias como produção de um processo, ao contrário de uma visão essencialista dirigida para o ser daquilo que é. Essas regionalidades, assim constituídas, permitem considerar a existência de mundos plurais ontologicamente válidos, ou seja, providos de acesso, uma vez que seus processos de constituição são explicitamente apresentados.

Paralelamente a essas ontologias regionais, surge uma terceira espécie de ontologia. Trata-se de uma ontologia de fundo, ou *ürdoxa*[7]. Tal ontologia não constitui um manual de

---

7. *Ürdoxa*: o termo designa o conjunto caótico e anterior à linguagem que constitui o cabedal indestrinçável de nossas crenças: heranças de medos ancestrais, estratos sobrepostos de cultura, opiniões mais ou menos ancoradas e, no entanto, cambiantes – uma espécie de turbilhão que assume tal ou tal forma dependendo da situação. A *ürdoxa* já apareceu quando tratávamos da poética dos *multiversos* como instância capaz de desfazer as limitações da razão e permitir o livre curso dos fluxos criativos; aqui, veremos a seguir que a *ürdoxa* interdita aquilo que parece abrir.

instruções nem tampouco um processo de construção; é imediatamente presente a si mesma, é a *arché*, o real da realidade, o que nos vincula à terra, nossa habitação principal. É o fundamento de nosso sentimento de *existir-aqui*, é inatingível, inatravessável, intraduzível em outros mundos: nessa condição, é o principal obstáculo à nossa entrada nos mundos alternos, e nisso essa ontologia de fundo entra em contradição com as ontologias regionais.

Ontologias regionais

Husserl de fato iniciou um pensamento voltado para os objetos, essas 'coisas em si', plurais, diversas. Ao empregar o antigo termo Ontologia, ele pretende indicar a amplitude da tarefa, a extensão do domínio envolvido e, ao mesmo tempo, retificar as interpretações equivocadas. Estas, com efeito, ou são absurdas e obscuras em sua pretensão à profundidade, ou desviam o projeto como um todo em prol de uma teoria do objeto, expressão, segundo ele, "pouco recomendável", uma vez que constituiria como que um título "para o conjunto absolutamente vago de todos os objetos sem domicílio"[8]. Pois se a ontologia, segundo Husserl, "caracteriza-se expressamente enquanto ciência *a priori* dos objetos de modo geral e, correlativamente, das significa-

---

8. Edmund Husserl, "Préface aux Recherches Logiques", in *Articles sur la lógique*, Paris, PUF, "Épiméthée", 1975.

ções de modo geral, ou seja, significações que remetem a objetos de modo geral"[9], temos de considerar, em paralelo a esta ciência *a priori*, as demarcações entre 'regiões radicais possíveis de ser' que abarcam séries ordenadas de disciplinas.

A essa demarcação entre um *a priori* 'que permanece' enquanto ontologia essencial e um *a priori* voltado para a constituição de objetos específicos é que corresponde a expressão 'ontologias regionais'. Tais ontologias se referem, portanto, aos princípios constitutivos dos diferentes domínios em que aparecem objetos, sejam eles materiais ou ideais. Poderíamos traduzir 'ontologias regionais' por 'epistemologias', ou estudo dos princípios específicos que estabelecem a validade de uma ciência dada e permitem que ela se desenvolva – o que, desta feita, corresponde perfeitamente às 'ontologias informacionais' que chocam tantas mentes bem pensantes. Mas isso seria desconhecer o projeto do filósofo, que visa, para além dos métodos e conteúdos de cada domínio ou região, estabelecer uma forma comum para a constituição dos objetos, ou seja, uma forma capaz de produzir *objetividade* de modo geral. Se de fato existe, segundo Husserl, uma forma comum às proposições visando a objetos e juízos sobre eles, trata-se de uma lógica puramente *formal*, que não leva em conta o conteúdo concreto ao qual se aplica o juízo – tal conteúdo

---

9. Edmund Husserl, "Préface aux Recherches Logiques".

podendo ser existente ou simplesmente possível –; existem paralelamente ontologias regionais, que se encarregam dos princípios constitucionais de um conjunto de objetos, por exemplo, axiomas e proposições básicas servindo para construir as idealidades matemáticas.

Ambas as ontologias, formal e material, são paralelas: as ontologias materiais "se referem aos gêneros superiores de objetos designados como regiões". Assim, por exemplo, poderia haver em Kant uma ontologia universal da natureza de modo geral, ao passo que existe paralelamente uma ontologia 'fechada em si mesma': a geometria, enquanto lógica da espacialidade pura. Duas direções, portanto, para as ontologias. Uma visa à constituição de uma legítima ciência comprovada, capaz de produzir objetividade de modo geral, a outra tratando mais diretamente de estabelecer domínios bem definidos e ferramentas que lhes correspondam[10].

Esta é a direção seguida, entre outros, pelos pesquisadores em teoria da informática, indo assim ao encontro das proposições husserlianas, nas quais se lê notadamente: "É preciso, no caso das ontologias regionais, elucidar as configurações de conhecimento correspondentes que são particularizadas por seu conteúdo"[11]. Efetuar essa tarefa de elucidação é a parte emersa, operatória, de toda construção conceitual e, nesse sentido, essas ontologias naturalmente

---

10. Suzanne Bachelard, *La Logique de Husserl*, Paris, PUF, "Èpiméthée", 1957.
11. Ibid., p. 372-373.

presidiriam aos universos informáticos e aos mundos alternos que tentamos capturar. A ontologia formal e seu redesdobramento em ontologias regionais parecem ambos, com efeito, abarcar o conjunto das construções intelectuais e sustentar todo o edifício do conhecimento, ao mesmo tempo que permitem abordar 'regiões' mais específicas de maneira afinada (no caso, por exemplo, do *status* ontológico da arte'). Será que permitem assim, contudo, apreender a forma como esses conhecimentos são percebidos e integrados na vida cotidiana?

Uma ontologia do terceiro gênero

Com as ontologias formais e regionais, o dispositivo é visto pelo aspecto de sua contribuição à construção dos conhecimentos e de seu prolongamento nas ciências, mas não pelo aspecto da recepção desses conhecimentos e de seus usos; de seu prolongamento dóxico, em suma. Coloca-se, então, a questão de saber se as ontologias formais e regionais ecoam de alguma forma, ou não, no material de pensamento cotidiano. Essa parte da pergunta foi aparentemente esquecida; ora, trata-se de um ponto importante, uma vez que é em torno dele que se dá o debate sobre a possibilidade, para nós, de habitar os mundos possíveis.

Com efeito, se as ontologias regionais são necessárias para a construção de domínios de conhecimento especificados, o que elas têm a dizer sobre a apropriação desses domínios e sobre o seu conteúdo? Sua recepção e domesticação se dão de forma não contínua, disruptiva. As invenções científicas nem sempre condizem com a ingênua *intuição dóxica* da *nossa ontologia de fundo*. Embora tenhamos renunciado a acreditar que o céu vá cair sobre nossas cabeças, acreditamos em muitas outras 'bobagens', já que, afinal, a Terra realmente gira? E o Polo Sul não é mais quente que o Polo Norte? Uma assimetria, um desencaixe, especialmente sensível quando se coloca a questão da existência dos mundos possíveis; pois se até podemos *conceber* que eles existem (a ontologia formal nos ajuda a construir uma lógica para eles e as ontologias regionais, a definir suas premissas e princípios analíticos), achamos difícil considerá-los *reais* em função da arcaica resistência da ontologia de fundo.

O que abarca então, especificamente, essa ontologia de fundo, recém-chegada ao dispositivo das ontologias formais e regionais, sem ser – como seria de temer – nem um inconsciente, nem uma ideologia? E que impacto poderia ter essa ontologia de fundo sobre o problema que ora nos ocupa, a acessibilidade a mundos possíveis?

A questão do habitar e a ontologia de fundo

Em seu célebre e mui insolente texto "L'arche-originaire Terre ne se meut pas"[12], Husserl distingue o plano do

---

12. Edmund Husserl, "L'arche-originaire Terre ne se meut pas" [A arca-originária Terra não se move], in *La Terre ne se meut pas* [A Terra não se move], Paris, Minuit, 1989.

habitável do plano da construção conceitual a fim de tornar sensível a dificuldade, ou mesmo impossibilidade, de transferir um plano para outro. Do que se trata? Para nós, aqui, na Terra onde vivemos, o solo é firme e a terra, estável; ela se mover, girar ou dar cambalhotas não é questão que se coloque. Não, ela está aí, fonte de nossas crenças, de nossos apegos, de nossa fé na vida – na nossa e na do mundo. Um ponto fixo, em suma. Uma âncora, um porto ou uma arca, como quisermos. Assim, embora tenhamos, *por outro lado*, certeza de que ela gira, já que temos fé na ciência, estamos ao mesmo tempo absolutamente convencidos de sua imobilidade. E mesmo que admitamos que os astrofísicos 'sem dúvida' têm razão ao conceber a hipótese de mundos plurais, e Galileu, de uma terra que gira, invertemos, cá conosco, e nem sempre o reconhecendo, o sentido do som "*E pur si move*" em "*E pur non si move*"... Implícito, não manifestado, dissimulado às nossas próprias investigações, tal é o plano do plano de fundo. Densa névoa e, ao mesmo tempo, constante reafirmação, a *ürdoxa* é a camada mais arcaica de nossas construções mentais, e constitui de fato o verdadeiro 'habitar' do habitável. Existe aí, em Husserl, a constatação de um apego a um mundo, e um só, monocentrado, geocentrado, muito distante, ou mesmo oposto, à tese que me disponho a defender.

Por que tê-la convocado aqui? Pelo motivo de que aí é que se trama esse irreversível sentimento da realidade das coisas (do mundo, da Terra, da nossa própria vida) e é daí que advêm as distinções que estabelecemos entre o que é, ou não, real. A realidade é o *habitar-aqui*, nesta Terra, é um 'aqui' que dura e condiciona todas as ontologias formais ou regionais às quais serve de plano de fundo. Vamos mais além: habitamos realmente essa *ürdoxa*, ela é nossa Terra e o ponto a partir do qual julgamos a realidade do mundo que nos cerca; será também, portanto, o juiz da realidade dos mundos alternos: *habitabilidade, realidade e ontologia de fundo são uma só e única coisa*. Quando dizemos: 'isso não é real, é utópico ou impossível', estamos falando a partir dessa realidade de habitar que é nosso plano de fundo, nossa ontologia 'associada'.

Ora, esse *habitar-aqui* que nos prende e não nos larga é absolutamente importante para avaliar nossa dificuldade em nos projetar (e viver) em espaços 'outros'[13]. Em outras palavras, precisamos compreender por que o *habitar-aqui*, o sentimento da realidade, é o ponto sem volta sobre o qual vem esbarrar a tese da pluralidade dos mundos.

A realidade enquanto transcendência

Precisamos, portanto, aclarar esse *mundo de fundo* do habitar. Ora, definir o mundo habitável parece ser uma em-

---

13. Espaço 'outro' não remete, aqui, aos espaços *heterotópicos* de Foucault; o termo 'outro' assinala simplesmente que não se trata de nosso espaço – este espaço conhecido, habitado, e que constitui toda a nossa realidade – e sim um 'alterno', acerca do qual não temos praticamente nenhuma informação... A *heterotopia* foucaultiana é detectável, decomponível e apreensível; sua alteridade se situa no plano político e ético, e não no plano do conhecimento.

preitada praticamente impossível. A mera tarefa de descrevê-lo é, por si, infinita. Trata-se de uma realidade 'imperscrutável', segundo a expressão de Quine, de que nenhuma descrição logra dar conta, pelo simples motivo de que estamos incluídos naquilo que tentamos compreender, e que nosso ponto de vista, nosso 'aqui', obscurece e ofusca os demais pontos de vista, ao passo que a afluência das impressões, emoções, dos juízos de opinião herdados, das temporalidades folheadas das nossas diversas experiências compõe um caos indestrinçável. Além disso, a realidade desse mundo habitável se situa, em grande parte, além da racionalidade e do puro formal. No entanto, não faria o menor sentido dizer que ela é irracional, nem inconhecível: ela está, simplesmente, em sua maior parte, fora do alcance dos nossos recursos ou métodos de conhecimento atuais. Em outras palavras, essa *ürdoxa* pode ser qualificada como *ontológica transcendental*.

Transcendental, com efeito, no sentido de que ultrapassa nossas faculdades analíticas, mantém-se fora do alcance de qualquer formulação, permanece muda em si mesma, sem linguagem. Em suma, para dizê-lo numa expressão: a realidade de habitar – realidade, simplesmente – é antepredicativa, precedendo a conformação feita pela linguagem. Enquanto tal, queda-se, perante a *onto-lógica* formal, como uma ilhota de resistência passiva – recusa de se descolar do aqui-Terra-*arché*, resistência às razões e seus encadeamentos, aos quais opõe associações efêmeras de elementos fluidos. Mas ela é também, paradoxalmente, "a *arché* que torna inicialmente possível o sentido de todo movimento..."[14].

Como devemos entender isso? Em primeiro lugar, topograficamente: para se mover, é necessário um ponto de partida e, senão um ponto de chegada, pelo menos sua visada. Impossível pensar o movimento sem vislumbrar o dispositivo base estável/alvo. Repouso e movimento indissociáveis, diria Aristóteles, sendo um – o movimento ou o repouso, alternadamente – a privação momentânea do outro. 'Sentido' (do movimento) deve aqui ser entendido como vetor, orientação. Em segundo lugar, ontologicamente, pois na medida em que a *arché* é constitutiva do habitar-aqui, ela é a condição dos movimentos que a animam, torna-os possíveis ao conferir-lhes um sentido em sua configuração interna: a *ürdoxa* é essencialmente movimento. O movimento é a expressão de sua natureza íntima, seu 'sentido' ou – como eu diria preferencialmente – sua manifestação, o modo como ela se deixa perceber, movimento que a conduz a uma síntese ativa de seus elementos dispersos, de tal forma que toda ela tenda para a *onto-lógica* formal que preside aquilo que se constrói na esfera conceitual. Que, do plano de fundo arcaico, seja possível dirigir-se para a esfera das operações lógicas de domínio, e que ela projete diante de si um espaço ambíguo, incerto, do 'ainda não', ou seja,

---

14. Edmund Husserl, *La Terre ne se meut pas,* p. 27.

dos possíveis. Passiva e, em parte, ativa, a *ürdoxa* seria, portanto, uma base movente, uma contradição em si. Ela apresenta, porém, um aspecto dinâmico: deixa um espaço para jogar com e contra a transcendência; uma possibilidade de domesticá-la, de certa forma, por zonas, ou regiões, e flexibilizá-la em determinados domínios[15].

Dois movimentos, portanto, e dois níveis: um é passivo, é uma espécie de pesadez e recusa de descolar, a parte de nós que fica imersa no plano de fundo de nossos conhecimentos exportáveis, a *ürdoxa* ou ontologia de fundo; o outro, a "ontologia do não-ser-ainda", para usar a expressão de Ernst Bloch[16], tenta se projetar em outras esferas sem nenhum recurso visível ou método para abordá-las, mas contém as premissas e princípios de um processo de realização[17].

É, sem dúvida, perturbador pensar a realidade enquanto transcendente, a tal ponto o termo 'transcendente' nos remete ao sublime do alto, nos puxa para uma entidade superior,

---

15. A *ürdoxa* apresenta vários pontos em comum com a *doxa* ou opinião, grau inferior do conhecimento, menosprezada pela tradição. Conceito que questionei longamente e de que fiz o elogio em *L'Art du lieu commun* [A arte do lugar-comum], Paris, Seuil, 1999. De fato contraditória, rica em associações fantasiosas, depósito de memórias alternadas, a *doxa* se diferencia da *ürdoxa* por uma característica: ela permanece à flor da linguagem e do pensamento, tendo inclusive tendência a invadir as mais elaboradas construções mentais, ao passo que a *ürdoxa*, a realidade transcendental, é insondável e praticamente muda, e é questionada sua passagem ao plano proposicional.

16. Ernst Bloch, *Le Principe Espérance*, Paris, Gallimard, 1979. [*O Princípio esperança* (3 vols.), trad. Nélio Schneider e Werner Fuchs, Rio de Janeiro, Eduerj/Contraponto, 2005.]

17. Cf. Bruce Bégout, *La Généalogie de la logique*, Paris, Vrin, 2000, p. 46 e ss.

NO ÂNGULO DOS MUNDOS POSSÍVEIS   185

divina, inatingível, que dominasse o mundo real daqui e suas mesquinharias. Que a realidade possa ser chamada de 'transcendente' é algo que aflige e derruba nossos esquemas habituais. É que, mais uma vez, nos deixamos aqui apanhar pelo léxico e por todos os afetos que ele carrega. É bem verdade, porém, que essa realidade do *habitar-aqui* é inatravessável, tal como o outro polo de nosso mapa mental: o céu infinito sobre as nossas cabeças. Inatravessável e insondável, isso o habitar-aqui é por completo, e é justamente essa ontologia que cria um obstáculo ao seu deslocamento, ao passo que, paralelamente, preserva um de seus atributos específicos: *sua capacidade de penetrar na categoria do possível*[18].

Capacidade ou, se acompanharmos Ernst Bloch neste ponto, tensão, ou ainda desejo. Com efeito, tudo acontece como se o plano de fundo, a *ürdoxa*, estivesse sob tensão, em meio a um permanente desejo de aparecer, o que o autor denomina um 'pré-aparecer', configuração que de modo algum significa um pronto-para-aparecer, mas, pelo contrário, uma confusão, uma hesitação e como que um balbucio, que de modo algum prejulga uma realização, mas apenas uma possível aparição; "paisagem do desejo" que "indica uma direção inabitual, diferente do estreito espaço conhecido ou da extensão ampla e longínqua ligada à grandeza [...]"[19], movimento que reúne o antro e o longínquo, acres-

---

18. Ernst Bloch, *Le Principe Espérance*.
19. Ibid., vol. II, capítulo 40: "La représentation du paysage du souhait".

centa Bloch no mesmo trecho; e isso sem nenhuma certeza quanto ao advento, à consistência e à duração da realização – o tempo em modo *doxa* e *ürdoxa* não sendo um parâmetro mensurável.

Com a ontologia do 'ainda-não-ser' e do 'pré-aparecer', estamos longe da definição tradicional da transcendência. Eis que ela se aloja não no céu infinito, mas na própria realidade daqui, num mundo anterior à forma e à linguagem, frequentado por desejos indeterminados. A paisagem da *ürdoxa*, se fosse preciso tentar imaginá-la, não se estruturaria mediante planos visuais sucessivos, como seria o caso de uma paisagem de pintura, e sim por linhas de tempo que também seriam linhas de tensão. Nessa *paisagem do desejo*, o processivo não é o sucessivo, e o ulterior não segue o anterior, mas se vira e se fecha dentro daquilo que o precede, num jogo de repetições permanentes, como vimos acerca da noção de plágio por antecipação ou da polirritmia. Husserl esboçou esse movimento paradoxal nas *Leçons sur la phénoménologie de la conscience intime du temps*[20]. O musical torna-se o modo de referência do trabalho da obra em obra, uma vez que entre a *ürdoxa* e o plano de emergência, o tempo, em sua multiplicidade complexa, é que faz, de certa forma, as vezes de parteiro. E é de fato esse tempo da não sucessão, da não causalidade, que estabelece a relação en-

---

20. Edmund Husserl, *Leçons sur la phénoménologie de la conscience intime du temps*, Paris, PUF, "Épiméthée", 1964.

tre o plano de fundo do *habitar-aqui* e a possibilidade de uma obra[21].

Aonde nos levam as ontologias?

É hora de avaliar até onde chegamos. O que aprendemos ao acompanhar os meandros das ontologias? Que existem ontologias exercendo diferentemente seu poder, uma em direção à razão e à construção do conhecimento, e outra no modo do desejo e do possível. Às vezes em ressonância, mas sempre em defasagem. Enquanto as ontologias regionais fornecem as ferramentas para a construção de mundos possíveis (como, por exemplo, o mundo informacional ou cibermundo), a ontologia de fundo, o *habitar aqui*, cujo fluxo incessante alimenta a atividade criativa, nos oferece um reflexo desses mundos, um 'vale', e por aí mesmo proíbe sua apropriação. Vimos no capítulo anterior (o álibi da arte) de que maneira simultaneidade e multiplicidade operam nas obras multiversais e transformam o tempo escandido de nossas vidas costumeiras mergulhando-nos nas temporalidades plurais e desconectadas da *ürdoxa*. São esses os únicos similimundos plurais que somos capazes de apreender. De certa forma, as ontologias prometem e proíbem, a um só tempo, o que elas têm por missão sustentar.

---

21. O mesmo não ocorre com o espaço da pintura, que se dá numa sucessão de planos 'varridos pelo olhar', a menos de se entregar a uma análise sutil dos retraimentos e fechamentos do olhar sobre si mesmo, seguindo, neste aspecto, as observações de Kleist em "Sensation devant le paysage maritime de Friedrich", citadas por Ernst Bloch em *Le Principe Espérance*, t. II, Paris, Gallimard, 1982, p. 465-466.

Obscuridade e ambiguidade do termo 'ontologia'. A ambiguidade da noção se deve a, por um lado, tratar-se do sentido filosófico primeiro: o que é do ser e da sua contemplação; e, por outro lado, do sentido 'regional' epistemológico, que leva tudo ao inverso ao descrever os métodos de realização de objetos concretos. Contemplação do ser enquanto ser – ou seja, espiritualidade, horizonte metafísico – contra ação – ou seja, métodos, experiência, realização, objetos. Para a versão metafísica da ontologia, receio que também se deva contar com seu duplo infernal, advindo do caótico plano de fundo da *ürdoxa*: não obstante todo o esforço dos artistas para alcançar o impessoal, o indeterminado, o indiferente e o sem lugar, o que reaparece com mais frequência é, senão o grito e a angústia criativa – que nos reconduz imediatamente aos mistérios do Ser e ao *pathos* da carne –, pelo menos a subjetividade. De nada adianta, então, deslocar para a *ürdoxa* o mistério do ato criativo. Esse deslocamento de uma ontologia superior, ligada a uma concepção sacralizadora da arte, para uma ontologia de fundo, considerada obscura, de difícil acesso e praticamente intraduzível na linguagem da realização, não altera quase nada no que toca à estética: os dois polos, sejam eles do alto ou do baixo, são igualmente indizíveis.

Convém, no entanto, ao se evitar a primeira armadilha – a da metafísica –, não cair no seu oposto. Pois se considerarmos seriamente tudo o que é protocolo, programa, definição e método os únicos 'modos de fazer' passíveis de serem detalhados, decompostos, analisados, sem que seja evocada sua relação com o plano que chamamos 'o habitável', nos arriscamos a não entender como fica a passagem de um mundo (o nosso, aqui, com seus meios de conhecimento) para outro que supostamente devemos alcançar. Opõe-se a essa passagem, com efeito, um plano de fundo de crenças de toda espécie, impossível de descrever e, portanto, de vencer. A armadilha do regional e do epistemológico está em ignorar esse plano de fundo, obturando assim a própria questão de uma acessibilidade. De modo que, no que concerne à arte e a suas obras, à ontologia em sua versão epistemológica, sem plano de fundo, o mundo da vida parece cortado, riscado do mapa, e a tônica fica tão somente nas operações lógicas que presidem à fabricação das obras, privando-as desse nível caótico e inextricável da *ürdoxa*.

Não que se deva desconfiar *a priori* da ideologia que preside a essa opção teórica (o do modelo analítico anglo-saxão)[22], mas porque nos privamos, pela mesma ocasião,

---

22. Cf., a esse respeito, a obra de Jacques Morizot, *Sur le problème de Borges*, Paris, Kimé, 1999, notadamente o capítulo sobre a ontologia, em que são analisadas as respectivas posições dos autores. Deparamos aqui com duas teses: a primeira estabeleceria uma distinção entre, de um lado, um plano de fundo quase intuitivo, interiorizado sob a forma de valores, juízos ou opiniões – apreciações, avaliações – (o que acabamos de denominar *plano de fundo* e, mais além, *ürdoxa*), e, de outro, protocolos de utilização 'customizados' para cada obra ou conjunto de obras. A segunda tese tenderia a privilegiar uma lógica formal como plano de fundo, com um prolongamento em lógicas regionais, aproximando-se assim do esquema do conhecimento em geral, de que a arte seria uma ramificação ou variação. Em contrapartida, as teses que se baseiam num plano de fundo intuitivo, percebido globalmente (impressões, percepções, sentimentos e opiniões misturados), estariam mais em harmonia com os processos do trabalho da obra, sem que seja, contudo, abordada a questão da acessibilidade de um plano para outro.

de pensar a conexão possível entre esse mundo e um mundo alterno. Pois é mesmo em torno da relação entre o plano da *ürdoxa* e o plano da lógica do conhecimento que se trava a questão da acessibilidade aos demais universos.

Com efeito, nossa ontologia de fundo é tão incrustada, e o habitável, constituído por tantos *habitus* inveterados, que dificilmente podemos nos projetar num mundo esquecendo, rasurando ou transformando nossos modos de percepção e nossa apreensão da realidade, mesmo que pudéssemos decompor os elementos desse 'habitável' para recompô-los de forma diversa. Esse ponto de ancoragem parece resistir a qualquer operação de desmembramento e remembramento, e embora a desconstrução derridiana pretenda dedicar-se a isso, o desmembramento sempre é possível ao nível de uma ontologia regional (a da filosofia, por exemplo), mas não no plano do mundo da vida; ela nada pode contra a ontologia da *ürdoxa*.

Tal é o nosso mundo, nossa Terra, e a arca de nossas vidas individuais. E se estamos ligados a essa habitação-realidade de tal forma que ela nos define tanto quanto tentamos defini-la ou circunscrevê-la (qual a definição aristotélica que vinculava indefectivelmente o espaço ao corpo que o ocupa), como poderíamos esquecê-la? E como, a partir daí, pensar que poderíamos deixar a *Terra-arché* a fim de aportar nas terras longínquas dos multiversos? Poderá ser desatado o nó que prende nossa aptidão para habitar este mundo e a habitabilidade do mundo? Penso na gramática e no gramático, que, para Aristóteles, se definem um pelo outro[23]. Desfeito o laço, já não há gramática nem gramático: um gramático que não faz gramática não existe enquanto gramático, mesmo que exista enquanto cidadão. Não é o que acontece com nossa habitação neste mundo? Se esquecemos ou deixamos de lado a ontologia de fundo, sob que forma iríamos existir alhures, em outro mundo, se é que existiríamos?

À pergunta 'será possível uma ontologia dos mundos possíveis?', o problema talvez exigisse então duas respostas: por um lado, o conjunto dos recursos, protocolos, proposições e regras de acesso do nosso mundo para os mundos alternativos pode se constituir como uma ontologia regional, válida para o domínio que ela instrui. Mas é preciso outra coisa, algo que assuma o plano de fundo dóxico, o plano da vida, e se encarregue de fazê-lo passar, ou de transportar seus elementos, para o mundo balizado pela ontologia regional. Questões de transporte, de tradução, de interpretação, exigidas para a compreensão e integração num mundo outro. A pergunta 'como habitar os mundos possíveis?' se resolve, então, numa outra: "o que podemos transportar da realidade que é nosso 'habitáculo' para uma realidade que nos é estrangeira, sob que forma e com que grau de satisfação?" (para usar as palavras de Searles).

Dessa mesma maneira, e com essa mesma dificuldade de acesso, é que um etnólogo procura um modo de apropria-

---

23. Aristóteles, *Étique à Nicomaque*, II, 3.

ção da língua indígena, testando a correspondência entre um termo enunciado pelo interlocutor diante de um objeto presente e designado, e o termo empregado pelo etnólogo em sua própria língua para designá-lo. A dificuldade está no fato de ele projetar sua própria construção linguística, seus *patterns* de objetos (em suma, tudo o que para ele constitui a realidade) num sistema para ele desconhecido e sobre o qual ele só pode supor, avaliar e testar as regras. Gostaria de citar aqui um texto de Quine que destaca essa questão de acessibilidade 'fraca'; trata-se de um excerto do primeiro capítulo de *Relativité de l'ontologie*[24]:

> O linguista irá mostrar, de forma razoavelmente inacessível à dúvida, que determinada expressão indígena é dessas a que os indígenas podem ser incitados a assentir pela presença de um coelho ou de algum fac-similar plausível do coelho, e por mais nada. Sendo assim, o linguista está autorizado a fazer, da expressão indígena, a cautelosa tradução: 'há um coelho ali', 'temos ali um coelho', 'veja, um coelho' [...]. Essa tradução tem, pelo menos, alguma chance de ser objetiva, por mais exótica que seja a tribo. Ela aceita a expressão indígena enquanto simples frase indica--coelho [...], supondo-se que uma frase indígena enuncie que um tal e tal está presente, e supondo-se que esta frase seja verdadeira quando, e somente quando, um coelho estiver presente, não decorre daí, de modo algum, que esses tais e tais são coelhos – podem ser todos os vários segmen-

---

24. Williard V. O. Quine, *Relativité de l'ontologie et autres essais*, p. 14-15.

tos temporais dos coelhos. Podem ser todas as partes de coelho, inteiras ou separadas [...]. Pior ainda é não termos sequer uma prova empírica que nos permita aceitar a expressão indígena como sendo da forma 'tal e tal está presente', pois a expressão indígena poderia também ser entendida com um termo singular abstrato, querendo dizer que existe uma manifestação localizada de *coelhidade* ou, melhor ainda, que *está coelhando* (segundo o modelo de 'está chovendo').

O linguista 'sério' de Quine terá de se contentar com aproximações ou atribuições prováveis que permitam um mínimo de troca entre interlocutores, abrindo mão de suas pretensões à designação correta do fato ou objeto em prol de uma ação cogitada: por exemplo, capturar o que parece ser designado pela palavra *gavagai* pelo indígena, e *coelho* por ele, de modo a cozinhá-lo como algo que se pode comer. Estamos aqui no reino dos compromissos, de uma lógica modal que se acomoda com os 'vales' e as construções contrafatuais. Tal iniciativa acaso serviria para preencher o hiato entre o mundo intraduzível ('imperscrutável', segundo Quine) da vida e da lógica do conhecimento? Acaso constituiria um meio de acesso a esses mundos plurais que não conhecemos?

CAPÍTULO 2
JOGOS, AVATARES E MUNDOS PERSISTENTES

Exploramos, até o momento, a possibilidade – ou mesmo a necessidade – de que existam mundos possíveis. No entanto, a ontologia desses mundos parece ser um desafio ou, pelo menos, um paradoxo: como instrumentar-se para o conhecimento de um mundo do 'ainda não ser' e do 'apenas possível'? Nosso manejo do mundo das hipóteses, do 'se', dos contrafatuais, é aproximativo, principalmente se lhe agregarmos o parâmetro extra da habitabilidade. Quer parecer, então, que temos de recorrer à astúcia e a todos os meios eficazes a fim de atingir nosso objetivo. Método pouco recomendável, sem dúvida, do ponto de vista da retidão científica tal como promovida pela vulgata, mas de uso corrente nas pesquisas: o que seria do cientista sem suas hipóteses, e o que é uma hipótese senão um pacote de contrafatuais?

Mas aqui, no que tange ao nosso propósito – como, e será que, podemos habitar esses mundos? –, e já que não podemos deixar nossa Terra-mundo-habitação (vimos há pouco, com efeito, o quanto a *ürdoxa* se prende ao nosso corpo), deveríamos nós mesmos nos converter em hipóteses, aceitarmos ser 'se' e nos multiplicarmos numa proliferação de 'se-nós'. Manteríamos assim um vínculo nesse *habitar-aqui* (o que chamamos de nossa identidade) ao mesmo tempo que favoreceríamos os deslocamentos enquanto 'se-nós' em outros mundos. Tal proposição não é tão estranha quanto parece, pois existem diversas maneiras de escapar ao 'nós-mesmos' e frequentar mundos outros: maneiras que praticamos ingênua e constantemente. São muitos, com efeito, os modos de ser 'se-nós'.

FICÇÕES NARRATIVAS, JOGOS E CÍRCULO MÁGICO

O modo mais comum é aquele oferecido pela ficção narrativa. Nela somos, por delegação, as personagens do romance que estamos lendo, e podemos viver suas aventuras em reinos imaginários, ao mesmo tempo que permanecemos leitores (ou autores): exercícios como os sugeridos pela coleção "Le livre dont vous êtes le héros" (LDVH) [O livro do qual o herói é você] ilustram muito bem esse nomadismo parcial. A partir de um núcleo estável em que nos reconhecemos enquanto 'um-o-mesmo', tentamos uma abertura para fora, para o exterior, onde nos projetamos como 'se-nós'; depois, uma vez saídos do universo ficcional – fechado o livro, terminado o filme –, voltamos ao nosso ponto de partida:

nós-um-o-mesmo. Essas habitações são efêmeras, a porta se fecha tão logo é concluída a ação. Nossos 'nós-mesmos' nos aguardavam lá fora, e os reintegramos sem nenhum problema. O teatro, para aquele que faz um papel, apresenta a mesma espécie de fuga, com mais intensidade; o mesmo se dá com o jogador que optou por 'jogos de interpretação', quer numa *playstation*, quer em rede.

Nos dois casos, a trama e o cenário, ou ambiente e estrutura do jogo, são construídos e definidos. Os 'se-nós' são forçados a permanecer dentro dos limites de mundos artificialmente produzidos fora deles. Sua liberdade, bastante limitada, vai de uma certa autonomia de interpretação, no teatro, à escolha de ações possíveis, no âmbito de um jogo de interpretação. Em todos os casos, trata-se do assim chamado 'círculo mágico': traço característico de todo jogo, segundo a definição sempre citada de Huizinga:

> uma ação livre, sentida como fictícia e situada fora da vida cotidiana, todavia capaz de absorver o jogador; uma ação destituída de qualquer interesse material e, portanto, de qualquer utilidade, que se cumpre num tempo e num espaço expressamente circunscritos e se desenrola ordenadamente de acordo com regras dadas[1].

Nessa definição – clássica – o levar para *fora da vida cotidiana* parece ser o traço essencial que faz toda a beleza

---

1. Johan Huizinga, *Homo ludens*, Paris, Gallimard, 1951.

do jogo; por acarretar gratuidade e inutilidade, esse levar para fora do cotidiano se parece com uma fuga para um mundo 'sem entraves'.

Embora fortemente contestável, essa definição essencialista do jogo serve como base para a atual polêmica sobre a relação entre os jogos (sobretudo os eletrônicos) e a realidade. A distinção assim estabelecida entre 'fora do real' e 'real' é ela própria o cerne de uma discussão exacerbada que diz respeito a questões de ordem social, identitária e de segurança. Com efeito, toda a questão gira em torno desse 'círculo mágico': será preciso preservar a essência do jogo e mantê-lo fora do real? O que preserva tanto o real como o 'fora-do-real'. Pelo menos, sabe-se onde se está pisando. Ou será que existe uma erosão, um desaparecimento desse círculo? Ainda será possível situar a realidade 'verdadeira' e a falsa, e também a verdadeira identidade e a falsa (ou simulada)?

O súbito surgimento do ciberespaço na vida cotidiana de milhões de jogadores – e não só de jogadores como também de usuários – vem trazer nova relevância a esse tipo de reflexão, evidenciando alguns aspectos da nossa sociedade a que esses jogos servem de reveladores. Interativos, os jogos se tornam fonte de preocupação; não estão mais confinados em seu espaço próprio, seu círculo mágico, extravasando para as atividades cotidianas, influenciando os comportamentos, e só a custo se diferenciam do trabalho sério e das comunicações úteis. Aliás, será que ainda são jogos? A própria rapidez com que a prática dos videogames tem conquistado o público já é, em si, um fenômeno um tanto desnorteante. Compreende-se que tal irrupção seja percebida pelas pessoas de bem como um perigo, e um perigo tão mais ameaçante pelo fato de ter a aparência de um jogo inocente. As questões da realidade e da não realidade, as da identidade e da identificação, as concernentes ao *status* da simulação, são – se posso falar assim – moeda corrente na reflexão sociopsicofilosófica, mas esses novos objetos as projetam no espaço público, com todos os desvios, equívocos e mal-entendidos que tal publicização acarreta.

Um alerta socialmente correto

Dizem que os jogos eletrônicos induzem uma atitude de isolamento, um encerrar-se no espaço fechado da tela, e tomam o lugar de atividades mais saudáveis. Conduzem a uma espécie de autismo, prejudicial tanto para a sociedade, privada da participação de seus membros, como para os próprios jogadores, tornados viciados (ou dependentes, como se diz hoje em dia). Questão de saúde.

Nesse ponto do dispositivo de rejeição, e uma vez que se trata da saúde, o simples alerta ('não jogue demais', 'não vá estragar os olhos', 'está na hora de ir dormir') já se torna uma vigilância. A (sociedade de) segurança põe em ação suas defesas, suas proibições, multiplica as barreiras físicas (bloqueamento parental, censura governamental), assim como as lições e os deveres morais. A prática dos videogames torna-se uma patologia repertoriada que exige serviços especiais nos hospitais e dispensários – instituição beneficente voltada para o atendimento a pacientes pobres. Eles estão sujeitos a uma dupla análise: em termos de sociedade e em termos de psicopatologia. A reprovação tendeu a se acentuar com Sherry Turkle e seu clássico *The Second Self*[2] – um ensaio de psicologia aplicada a esse tipo de atividade. Sobre esse tema, o *Observatoire des mondes numériques en sciences humaines* (OMNSH) [Observatório dos mundos digitais em ciências humanas] pratica uma vigília tecnológica[3] que atenta antes para a complexidade do fenômeno. Pois não existe apenas um tipo de jogo. Existem vários, bem distintos entre si no que tange ao suporte tecnológico, à forma de participação, às regras de conduta e aos objetivos perseguidos. Também há quem diga: à ideologia subjacente de sua própria concepção. A ninguém ocorreria dizer que todos os jogos de bola são idênticos, que o tênis e o rúgbi são a mesma coisa que o *croquet*, o futebol e o bilhar; é o que faz, porém, a maioria das pessoas ao se referir aos jogos eletrônicos, sem fazer qualquer distinção entre eles.

---

2. Sherry Turkle, *The Second Self*, Boston, MIT, 1984.
3. Cf. o n. 67 da revista *Quaderni*: "Jeux vidéo et discours. Violence, addiction, régulation", outono de 2008.

Problemáticas deslocadas

Diversos deslocamentos de problemática se produzem constantemente nessa área, o que tenderia a provar que existe aí um desconforto considerável, sendo, afinal, preferível dar as costas à questão essencial.

Uma primeira problemática diz respeito à nocividade desses jogos para as crianças e os adolescentes. Ora, o que é visado não é tanto os jogos em si, mas a postura física e mental do jogador frente ao computador: tempo passado (a não fazer nada) e solidão. Ligado a essa problemática está um debate dito 'social', do qual decorre uma atitude profilática.

Uma segunda problemática desloca a questão para a urgência dos cuidados a serem dispensados e o incontornável acompanhamento psicológico. Isso porque passamos insensivelmente dos jogos virtuais para os jogos de azar e para as drogas: do círculo fictício dos jogos ao plano da realidade. E, ao mesmo tempo que se criticam os jogos eletrônicos por apartarem o jogador do mundo real, esses jogos são subitamente associados, numa total inversão da problemática, a atividades perigosas como as existentes no mundo externo. De uma atividade lúdica que poderíamos qualificar como *hobby*, a questão se desloca para uma atividade que exerce uma influência no mundo real e causa dependência (vício) da mesma forma que o álcool, a droga ou o jogo de azar[4].

---

4. A dependência do jogo *on-line* (*gambling*) se inclui, assim, entre os novos vícios comportamentais, junto com a sexualidade compulsiva, o consumo compulsivo e a bulimia.

Encadeia-se, então, outra problemática que visa, por sua vez, legislar sobre o conteúdo dos jogos. Pois se existe dependência em relação à forma 'jogo', existe também dependência em relação ao conteúdo desses jogos: são violentos e passíveis de gerar violência; mais um debate, fundamentado em estatísticas. Será preciso censurar? Como? Será preciso regulamentar? De que maneira? Aqui, a resposta não tarda: os mecanismos da concorrência, as leis do mercado normatizam rapidamente os conteúdos. A dependência não está mais nos jogadores – embora sejam limitados pela própria forma do jogo e pelas poucas opções que lhes deixa o número reduzido de desenvolvedores –, mas nos criadores: estes se curvam aos ditames do 'socialmente correto'. E, mais uma vez, beiramos a palinódia. No contexto de uma censura dos jogos que incitam à violência, esquece-se a crítica igualmente violenta feita à apatia que acomete os jogadores (o caso dos *otaku* japoneses, por exemplo[5]), tornando-os completamente passivos. Quanto à regulamentação jurídica referente aos direitos (direito de jogar), os juristas não a levam realmente a sério e tendem a aplicar as leis vigentes no mundo dito 'real' sem fazer distinção entre os diferentes jogos (jogos abertos e jogos fechados). Assim se opera a redução do mundo lúdico em efetividade; e, ao mesmo tempo que é negada sua originalidade e consistência, fala-se em transformar os jogos num aprendizado da competição e da rentabilidade.

---

5. Étienne Barral, *Otaku, les enfants du virtuel*, Paris, Denoël, 1999.

Por qualquer perspectiva que seja, fecha-se o círculo em torno dos jogos: de um lado, está a ideia de que eles devem continuar sendo jogos, permanecendo, portanto, fora da vida real, de que não devem desandar para a eficiência sob pena de perderem sua alma de jogo[6]; e, de outro lado, a ideia oposta, de que não se deve apartar os jogadores da realidade, ou a sociedade (considerada 'real') poderia sofrer com isso. Humanismo retrossecuritário *versus* cinismo ecoliberal: assim poderíamos resumir esse enfrentamento; contudo, as duas posições estão longe de se definir claramente, suas problemáticas se cruzam e se misturam, o que torna a situação um tanto confusa, e seus sons discordantes saturam a esfera pública. Os debates levantam lebres em cada esquina, sem que se ache uma linha comum de reflexão. Sem dúvida, seria preciso sair do esquema dualista mundo real/mundo não real que subtende essas problemáticas como um todo. Antes de mais nada, porém, precisamos definir de que tipos de jogos se tratam e descrever a estrutura espaçotemporal em que eles se constituem, sob pena de falarmos no vazio.

JOGOS LIMITADOS E MUNDOS PERSISTENTES

Distinguem-se geralmente, entre os videogames, aqueles que se inscrevem em ambientes sintéticos e aqueles que

---

6. Esta é a posição de Edward Castronova, cujas pesquisas são referência na área – posição esta que tendeu, por sinal, a se matizar em seus últimos trabalhos. Cf., por exemplo, o artigo: "L'irrémédiable érosion du cercle magique", *Quaderni*.

se jogam em mundos virtuais. Não se trata de uma distinção entre jogo estático e jogo interativo, pois os dois tipos são interativos e ambos são maciçamente multijogadores (MMORPG[7]). Trata-se de distinguir entre aqueles situados num tempo e espaço predeterminados (pelo fornecedor do jogo) e aqueles em que os jogadores elaboram progressivamente o espaço-tempo e as operações que o constituem. Jogos sintéticos que se dão num espaço-tempo programado e jogos virtuais num mundo dito 'persistente'. Os primeiros ainda podem se referir ao jogo segundo Huizinga; os outros não.

Num *ambiente sintético*, o jogador entra para jogar uma ou mais 'partidas' e sai depois de atingir um resultado (determinado pelas regras do jogo); o espaço em que ocorre o jogo é prescrito e o tempo, limitado, pela entrada do jogador no jogo e por sua saída. Preenche-se, assim, um dos critérios essenciais para que haja um 'jogo': ocorre realmente a suspensão do cotidiano, a saída do tempo e espaço de trabalho, o afastamento e a atenção concentrada em ações que pouco têm a ver com as tarefas diárias. Dessa forma, esses jogos de fato constituem oásis lúdicos e seus jogadores podem ser objeto da vigilância socioética que mencionamos. Quanto à avaliação daquilo que, nesses jogos, está dentro ou fora do real, tudo depende da forma como se considera que o jogo, qualquer que seja ele, se insere na sociedade. Com efeito,

---

7. *Massively Multiplayer Online Role Playing Game.*

pertencem à vida real as condições econômicas que permitem a colocação do jogo no mercado e, portanto, o acesso dos jogadores ao jogo, o que implica possibilidades financeiras, tempo de lazer, um material adequado e um mínimo de competência técnica – coisas que estão longe de serem universalmente partilhadas e exigem certo nível de desenvolvimento da própria sociedade. Se considerarmos essas condições como fazendo parte do jogo, o real é então parte integrante do jogo em questão, e temos um discurso absolutamente moderado sobre as possíveis influências do jogo no comportamento dos jogadores. Mas se considerarmos que esses são 'aspectos acessórios', que não intervêm na questão do jogo propriamente dito, entramos então na dialética do círculo mágico-isolador *versus* sociedade-socialização. O debate público acerca da dependência, do autismo do jogador e das outras eventuais desvantagens diz respeito a esse tipo de jogo e entra na perspectiva de uma separação (ainda por justificar) entre real e extrarreal.

A situação é bem diferente no que se refere aos jogos em *mundos persistentes*. Neste caso, o qualificativo 'virtuais', que lhes é geralmente atribuído, mantém toda a sua força. Enquanto o primeiro tipo de jogo, embora jogado no espaço virtual da web, só recorra com muita parcimônia às possibilidades do virtual, contentando-se em usar de forma limitada seu caráter interativo, um jogo como *Second Life* explora um conjunto de características, incluindo aquela, particularmente eficaz, da *persistência*. O que significa e a que remete o termo 'persistência'? Significa que o jogo se desenvolve continuamente, com ou sem a presença do jogador: o jogo inteiro se comporta como o mundo que nos cerca, esse mundo natural que vive, cresce e morre sem nós. Assim, quando um jogador (melhor dizer, então, um participante) sai de *Second Life*, o mundo de *Second Life* continua crescendo na sua ausência, e quando esse mesmo participante volta, percebe que a árvore que plantou em seu terreno no dia anterior foi destruída, mas que seu feijão brotou... Temos aí um ambiente aberto, e não uma representação nos limites de um cenário pré-fabricado. Esse ambiente tem a capacidade de estar em contínua transformação sob a ação de todos os participantes; quando você não joga (porque está dormindo, por exemplo), outros participantes jogam, em outras regiões do mundo, em outros horários; eles intervêm em partes do mapa topográfico-virtual do conjunto. De modo que esse conjunto 'se mexeu' durante a sua ausência. Acontece, nesse jogo, como acontece na rua da qual você se ausentou por quinze dias ao sair de férias: na sua volta, várias lojas mudaram de nome, você já não se acha.

A descrição a seguir, entre muitas outras, oferece os elementos para se compreender esse tipo de ambiente artificial; tem o mérito de ser breve e desprovida de jargão:

> Em *Second Life*, trata-se de fabricar um inteiro mundo gráfico e sonoro a partir de um software 3D. Os participantes viajam dentro de um vasto território em expansão, dentro do qual

interagem. Esse território se organiza em zonas geográficas de que eles se apropriam a fim de construir espaços habitados. Nenhuma regra social nem qualquer planejamento prévio administra essa geografia em contínuo crescimento. De um processo de urbanização virtual emerge um conjunto (orgânico) de grande complexidade, que se auto-organiza[8].

A descrição insiste na constituição de um espaço próprio do mundo persistente e em sua característica singular e essencial: a auto-organização ou autopoiese. Mas também convida a nos interrogarmos sobre o espaço e o tempo próprios dos mundos persistentes e sobre a noção de habitantes desses mundos.

Uma construção biointeligente

Mas o que é autopoiese? O conceito foi desenvolvido por Francesco Varela e Umberto Maturana[9] nos anos 1970--1980, no âmbito da escola de Palo Alto e segundo a perspectiva biopsicoecológica de Bateson. Trata-se de uma teoria da complexidade, na qual os elementos constitutivos de uma totalidade autonomizam, se interconectam e produzem aleatoriamente situações estáveis. Estamos muito próximos de um sistema do ser vivo, sistema autopoiético que

---

8. Renée Bourassa e Geoffrey Edwards, "La Réalité mixte, les mondes virtuels et la géomatique: de nouveaux enjeux", Québec, Université de Laval, 2002.

9. Francesco Varela e Umberto Maturana, *Autopoiesis and cognition, the realization of living*, Dordrecht, Reidel, 1980.

produz sua própria organização e cujas virtudes essenciais são preservar a identidade do sistema submetendo-o ao mesmo tempo a transformações indispensáveis à sua sobrevivência[10]. Tal sistema assegura sua própria geratividade, e sua linguagem interna vai ao encontro da linguagem da inteligência artificial; trata-se de uma interconectividade em todos os níveis, segundo o modelo da neurologia, com um tempo de contato extremamente baixo, próximo à simultaneidade. A relação das partes entre si não é causal e sucessiva, mas expressiva: o conjunto reage integralmente à menor perturbação, assimila-a e se reorganiza em função dela, com o surgimento de propriedades emergentes (ou seja, não existentes ao nível das partidas em si).

Ora, o mundo persistente de jogos como *Second Life* apresenta uma estrutura comparável aos sistemas autopoiéticos da biologia, ou mesmo da neurobiologia. A conexão entre a biologia e a inteligência artificial serviu para conceber a estrutura desse mundo e, na mesma ocasião, dotou-o de uma vida artificial.

Uma estrutura espaçotemporal inusitada

Quanto à sua arquitetura espaçotemporal, ela apresenta algumas particularidades.

---

10. Francesco Varela, *Principles of biological autonomy*, Amsterdã, Elsevier North Holland, 1979.

Voltando à definição do jogo num mundo persistente: a fabricação de um mundo gráfico e sonoro em 3D visa ser o *analogon* de nosso ambiente urbano cotidiano; ele o representa. Ora, essa limitação (que torna o jogo jogável) está em desacordo com o crescimento exponencial que caracteriza o sistema autopoiético e com a rapidez quase simultânea da reação aos *inputs* externos de tal sistema orgânico. Tempo e espaço do mundo persistente do jogo devem, portanto, ser refundados para se harmonizarem com a simulação da vida urbana tal como a percebemos no cotidiano. O espaço urbano em três dimensões, que supostamente representa o que vemos da cidade, será animado por um movimento que desconhecemos na vida cotidiana e que podemos chamar de performativo: a ação dos habitantes desses mundos persistentes é imediatamente seguida por efeitos; as cidades se constroem em poucos cliques, as paisagens se fazem e se desfazem instantaneamente sob os efeitos conjugados dos interventores. Os comandos dos participantes e sua respectiva execução ocorrem numa quase simultaneidade – essa simultaneidade dota o tempo de um qualificativo singular: ele é então chamado de 'real'.

Esse tempo 'real' pertence, paradoxalmente, ao mundo artificial que reproduz (ou simula) o tempo da vida orgânica. É um tempo 'ucrônico', segundo o termo de Edmond Couchot[11];

---

11. Para mais esclarecimentos sobre este tema, cf. Edmond Couchot, *Des images, du temps et des machines dans les arts et la communication*, Paris, Jacqueline Chambon, 2007, p. 240 e ss.

foge aos critérios que pautam nossas *cronias** humanas; estas últimas de fato manifestam uma sensibilidade à passagem do tempo, à espera, à duração, à ausência e ao declínio. Ora, o tempo dos mundos persistentes, com sua velocidade de execução, sua infinita possibilidade de voltar atrás para apagar o estado presente e reiniciar a operação, distingue-se tanto do nanotempo das trocas biológicas (pois é inapagável e seus efeitos, retráteis) como da realidade crônica cotidiana. O tempo virtual, embora próximo do tempo da neurobiologia, é transportado no espaço de uma representação analógica. A dissonância é certa, e essa dissonância é que cria o efeito 'mágico' do jogo. Pois estamos dentro de uma representação, banal no fim das contas, de nosso ambiente habitual, mas estamos também no tempo de um universo que escapa a nossas macromedidas e funciona em outra temporalidade: a dos níveis interconectados de nossas células biológicas. Ora, esse tempo das trocas internas de nosso organismo é desconhecido pela maioria de nós; podemos concebê-lo, sem dúvida, mas não o vivenciamos: ele está além da intimidade do nosso sentido do tempo. Mas, quando jogamos nos mundos virtuais, esse tempo se revela em sua simultaneidade moduladora enquanto objetividade exterior a nós dentro das estruturas do jogo, embora internalizada nas ações que empreendemos ao jogar.

---

* No original: 'chronies'. Assim se chamavam as festas em homenagem ao deus Cronos/Saturno. (N.T.)

O critério de realidade não distingue um mundo do outro

A introdução desse tempo dito 'real' é, então, sinal da não conformidade das estruturas do jogo com a da nossa realidade psíquica, e faz de *Second Life* um universo alterno, semelhante (pelo que ele pretende representar) e, ao mesmo tempo, distinto (por sua estrutura espaçotemporal). De que mundo podemos, então, afirmar a realidade? E acaso podemos dizer que um deles é real, enquanto *mundo primeiro ou mundo físico*, ou seja, o nosso, aqui, e que o outro é tão real quanto, só que de uma *realidade segunda*? A própria noção de realidade se dissolve nessa vã distinção: ou ambos são reais, ou nenhum deles o é. É este o sentido de um bonito artigo de Vili Lehdonvirta, "Virtual worlds don't exist" [Não existem mundos virtuais], em que ele aponta as falhas da dicotomia mundo virtual/mundo real e desmonta os mecanismos do modelo "círculo mágico"[12]. De modo que deveríamos tanto prescindir da noção de realidade e não fazê-la intervir no diálogo de surdos entre extrarreal e real quanto encontrar um critério que convenha a um dos dois mundos e o distinga do outro de forma convincente, sem possibilidade de retorno.

Ora, na descrição sucinta que mencionei acima, temos a ideia de que o espaço de *Second Life* foi organizado para

---

12. Vili Lehdonvirta, "Virtual worlds don't exist", in *Breaking the Magic Circle*, Tampere, Finlândia, Abril de 2008.

ser 'habitado'. A que corresponde esse 'habitado'? Quem habita esses espaços, e será que eles são 'realmente' habitáveis? Teríamos aí um traço distintivo capaz de arbitrar entre os dois mundos?

HABITAR *SECOND LIFE*: OS AVATARES

Vamos então admitir que *Second Life* seja um outro mundo, devido à sua construção auto-organizacional (que o torna um organismo tecnológico ou, se preferirmos, um quase-vivo) e à sua estrutura espaçotemporal; não seria um jogo, portanto, mas um mundo consistente, persistente, com propriedades parcialmente similares – mas só parcialmente – às do universo que conhecemos. No entanto, a questão de sua acessibilidade para nós continua se colocando; em outras palavras, será que podemos habitá-lo, será que ele pelo menos é habitável? A resposta tecnológica existe: sim, é habitável e habitado, e seus habitantes se chamam 'avatares'.

Avatar é um termo um tanto ambíguo; na linguagem corrente, qualifica experiências um tanto desastrosas, as consequências inesperadas e negativas de um empreendimento, as passagens difíceis de uma situação ao evoluir. Contudo, se remontamos até a fonte, trata-se, na religião indiana, das diversas formas (*avatara*) assumidas pelo deus Vishnu quando se manifesta na Terra; essas formas são dez: peixe, tartaruga, javali, homem-leão, anão, os dois Sama, Krishna,

Buda e Kalki. Diversidade das encarnações do deus, ora animais, ora híbridas (homem-leão) ou semidivinas (Buda, Krishna). Em todos os casos, trata-se de uma descida: o deus *desce* à Terra, e sua essência se degrada ao assumir um corpo, o que remete ao aspecto pejorativo do termo em seu uso corrente. Por outro lado, o termo mantém uma importante conotação, senão religiosa, pelo menos mitológica, o que é gratificante: afinal, o avatar vem do divino e dele conserva alguma coisa.

Assim, o fato de o termo ter sido escolhido para designar a forma, ou melhor, as formas passíveis de serem assumidas pelos participantes de *Second Life* ou de outros mundos similares (como *Habbo Hotel*) abre perspectivas interessantes sobre o segundo mundo em si. O jogador (ou participante) de fato escolhe uma ou mais formas que o representem e as despacha para o mundo da segunda vida; essas formas são avatares. Agem e interagem com os avatares dos demais participantes, construindo assim uma comunidade de avatares, uma sociedade. Mas como fica o *status* desses avatares em relação ao jogador (e vice-versa), e como fica a sociedade formada por esses avatares?

O 'self' e seus avatares

Na linguagem codificada dos videogames – e mesmo *Second Life* não sendo um jogo –, diz-se geralmente 'self' para designar a identidade comprovada do jogador, seu 'si mesmo'. Já nos primeiros passos no mundo dos avatares, caímos na armadilha: 'self' remete, evidentemente, à psicologia do eu, e é imediato o deslocamento desse registro para o da psicanálise, ou até da psiquiatria. O vício espreita e, com ele, a lição de boa conduta. Assim, pensar 'self' significa deixar-se apanhar pelo pendor psicologizante e – quem sabe? – tornar-se 'dependente' desse tipo de explicação.

Seja como for, pensar a partir do 'self' significa atribuir ao jogador três posições possíveis: ou ele constrói seu avatar como a um duplo que lhe propicia a liberdade de que ele não dispõe no curso normal da vida e lhe permite comportar-se de forma mais arriscada, mais aventureira em suas relações com os demais avatares que povoam o espaço; ou ele constrói um avatar que é em tudo seu oposto – o que já é uma situação mais complicada, pois para analisar essa posição há que recorrer a um motivo deslocado, como uma frustração, uma revanche, um desafio; ou o 'self' constrói um avatar diferente de si próprio, como personagem de romance, quase autônomo. Essas diversas posições dão margem a interpretações igualmente diversas. Se as duas primeiras são tratadas pela análise sociopsicológica, a terceira requer a crítica estética: trata-se de uma filosofia da criação e do registro do imaginário. Em todos os casos, o 'self' dirige essas representações, manipula-as como a marionetes. Esse poder exercido pelo 'self' sobre seus avatares será suficiente para transformar duradouramente, de maneira tão persistente quanto o próprio jogo, sua personalidade (seu 'self') e seu ambiente virtual, de modo a que possamos realmente dizer que se trata aí de um 'outro mundo'? Modificações de identidade ocorrem sem dúvida nos 'selfs', quer pela consciência das faltas ou, inversamente, de possibilidades criativas até então ignoradas. O 'self' decerto adquire também informações sobre o que ele é, acredita ser e quer ou não quer ser. Mas essas angústias ou prazeres identitários nada nos ensinam sobre o mundo em que os 'selfs' se projetam por intermédio de avatares. Deparamos, aqui, com a mesma evasiva que observamos antes acerca das obras de arte e sua interpretação fenomenológica. A perspectiva e o horizonte de uma obra são descritos segundo sua recepção[13] e não são referidos – com exceção de raríssimos casos[14] – à sua condição técnica manifesta: a linha do horizonte, ou seja, um traço materialmente significado, separando, antes de mais nada, um alto de um baixo e isolando o espectador a uma distância que ele não pode transpor nem fisicamente – entre o quadro e ele –, nem idealmente

---

13. Recepção que está sujeita às limitações culturais do momento e do lugar: o horizonte e a perspectiva na pintura chinesa clássica não são interpretados segundo um 'alto' e um 'baixo' separados por um traço como linha do horizonte, e sim segundo a tensão entre os elementos de um todo no qual os opostos se compõem entre si e intercambiam suas forças.

14. Ernst Bloch, citando a interpretação de Kleist sobre *Paisagem marítima* de Friedrich, insiste no hiato existente entre sujeito e objeto: "O olho desaparece quando percebe a imagem, o espectador desaparece simultaneamente à sua distância [...]". O quadro agride o homem que se encontra do lado de fora e agride também o mar: "o que deveria ter atraído de longe o meu olhar nostálgico, o mar, está absolutamente ausente" (Ernst Bloch, *Le Principe Espérance*).

– entre o que é visto e o que não é dado a ver. Da mesma forma, centrando-se exclusivamente nos sentimentos confusos disponibilizados durante o jogo participativo, sobre as emoções e afetos contrastados, as críticas passam ao largo da pergunta indispensável para pensar esse mundo: como se produz um avatar, quais são suas propriedades, como se espera que ele aja? Deixemos então os 'selfs' de lado e passemos aos avatares.

Imagens atuadas, ações imagéticas, gestos interfaciados

Quais são, exatamente, as ações exigidas pelo dispositivo interativo dos jogos, particularmente em *Second Life*? A resposta é diversa, ou mesmo complexa. Com efeito, nem todos os dispositivos eletrônicos lúdicos possuem o mesmo grau de exigência em relação ao jogador, e o próprio jogador não possui o mesmo grau de limitação ou liberdade em todos os jogos. Da mesma forma como os jogos podem se dividir, como vimos, em jogos descontínuos e mundos persistentes, são diferentes as posturas dos jogadores, suas margens de ação e os resultados de sua atividade. Diferem seus gestos, sobretudo: um movimento do mouse sobre a imagem da tela, um clique num ponto da imagem ou a ativação de teclas no teclado do computador são gestos específicos de uma forma particular de jogo. Tais gestos produzem uma alteração da imagem: colocam-na em movimento, ativam-na, o que significa que o jogador se torna ator, ele 'atua' a imagem, e isso porque a imagem interativa é disposta de tal forma que tem a propriedade de se transformar de acordo com algumas regras, segundo certos programas. Cliques e movimentos do mouse ou do teclado são as interfaces gestuais entre o jogador e o dispositivo lúdico, donde o nome *imagem interfaciada* é atribuído à imagem da tela.

Tais gestos são como que a ossatura impessoal do jogo em questão, mecanismos que não podem ser ignorados nem alterados (assim como não podemos esculpir ou gravar da mesma maneira, com os mesmos gestos que fazemos para pintar ou desenhar). Aqueles que os executam (os jogadores) são simultaneamente atores e espectadores, uma vez que assistem à transformação instantânea – sem nenhum tempo de recuo – da imagem que atuam. Essa dupla posição do jogador inspirou a Jean-Louis Weissberg o excelente neologismo 'espectator' (espectador + ator)[15]. O termo assinala muito bem a fusão existente entre a mão e o olhar, e entre o gesto e o objeto. Dupla simetria, tão perfeita que exclui qualquer distância temporal e espacial. Outra consequência dessa simultaneidade: a complexidade da noção de ator, uma vez que há pelo menos três, se não quatro ou cinco formas de atores confrontados:

---

15. Em *L'Image actée* (L'Harmattan, 2006), Jean-Louis Weissberg e sua equipe retraçam cinco anos de um seminário dedicado às imagens interativas e procuram estabelecer um vocabulário crítico (definições abertas e glossário inacabado, como exige a incessante evolução dos processos interativos).

– o ator que representa e atua a imagem, que já qualificamos, com Weissberg, de *espectator*;

– aquele que roteirizou a cena e configurou o espaço – ator, autor ou *designer*;

– o fornecedor do jogo – ator, sistema que edita, controla e gere;

– finalmente, a todos esses atores cabe acrescentar, no que toca a *Second Life* e similares, o suporte-imagem, ou seja, a forma antropomórfica escolhida para habitar o jogo e representar o jogador: o avatar.

Percebe-se então a complexidade do aparelho: é composto por várias fases de foguete, e seu lançamento exige a participação de todas essas etapas e todos esses atores; para que meu avatar (que eu escolhi) consiga se deslocar no ambiente desenhado pelo roteirista-designer, sou obrigado a respeitar ritos e regras, e assinar um contrato (muitas vezes pago) com o fornecedor-sistema. Esses diferentes níveis de intervenção e seus entrelaços são, porém, pouco conhecidos ou implícitos para a maioria dos jogadores, o que traz consequências especialmente falaciosas. Para começar, é abusivo falar em *coautor* para designar o *ator-espectador* (ou seja, o jogador), embora este seja um estereótipo dos mais difundidos e perniciosos, pois leva a acreditar no aspecto criativo do gestual *espectatricial* e reforça a ideia de que o ator-suporte (o avatar) é realmente a obra de um jogador artista. Esse jogador-ator é, então, levado a acreditar em sua própria independência e a dar vida à sua criação: ele se permite a ilusão de uma 'verdadeira' vida simultânea à sua própria. Simetricamente à ilusão da arte, cujo artífice dá vida ao objeto representado, *Second Life* propicia ao jogador a ilusão de um sujeito real, por intermédio de uma imagem interfaciada. Nos dois casos, quanto mais se aprofunda o aprendizado do gesto e se domina o jogo em seu aspecto manifesto, maior se torna a ilusão. O jogador esquece as dificuldades do aprendizado, e quanto mais domina o gestual, mais diminui a distância entre ele e o avatar, e mais aumenta a identificação[16].

Analisada essa 'fábrica', mesmo que grosseiramente, compreendemos melhor o poder de sedução exercido por *Second Life*. A ilusão de ser um outro ao manipular seu avatar é favorecida pelo processo de produção da imagem atuada. A sedução resiste mesmo ao fato de o jogador saber da manipulação de que ele próprio é objeto, por parte do sistema. Com efeito, ele não tem como ignorar que é alvo de uma agressiva comunicação comercial, à qual tem prazer em atender, duplamente inclusive: por um lado, consumindo, e por outro, servindo ele próprio de material publicitário. Com efeito, seus pedidos, tratados, oferecem o perfil pessoal que servirá para conceber outras possibilidades de desdobramentos comerciais. O *consumator* [consumidor + ator] é, de certa forma, um homem-sanduíche: "Você, que com-

---

16. Desajeitada como sou, por exemplo, não existe a menor chance de eu me confundir com meu avatar, e vice-versa: Quac Citron não faz nada do que eu quero que ele faça, meu gestual *espectatricial* é zero.

prou este livro, também vai gostar deste aqui" ou "Eles gostaram, você também vai gostar..."[17].

Há, porém, outro encanto, tão poderoso quanto o primeiro, e que não atua apenas sobre os jogadores, mas também sobre os pedagogos, sociólogos, educadores e outros moralistas: o de uma sociabilidade descoberta ou redescoberta, que pode servir de aprendizado para a 'verdadeira' vida[18].

Sociedade e regras sociais

Os habitantes de *Second Life* vivem juntos: ocupam o mesmo espaço e utilizam os mesmos procedimentos técnicos para agir e interagir, de modo que se encontram necessariamente, quer para negociar o espaço a ser ocupado, quer para elaborar um projeto de construção, quer para trocar objetos e bens. Curiosamente, o roteiro dessa ocupação do 'cibersolo' por parte dos avatares apresenta sequências familiares aos leitores de *Robinson Crusoé* e do *Contrato social*, assim como aos interessados nas sociedades utópicas dos séculos XVIII e XIX. Tudo começa bem, em meio a uma grande generosidade e trocas livres e gratuitas: os indivíduos se agrupam por afinidades, cada qual

---

17. O que Jean-Noël Lafargue demonstra sobre a internet é igualmente válido para *Second Life* e jogos similares. Cf. seu artigo: Jean-Noël Lafargue, "Web 2.0. Veuillez créer s'il vous plaît", *Marges*, 2008, n. 8.

18. Cf. a tese de Philippe Bonfils, *Dispositifs socio-techniques et mondes persistants. Quelles médiations pour quelle communication dans un contexte situé?*, Université du Sud Toulon-Var, 2007.

desempenha o papel que o grupo lhe atribui. Os encontros em *Second Life* são muitos: há conversas, trocas de opiniões, informações partilhadas e, às vezes, afinidades eletivas. Esse aspecto se inclui entre as características mais elogiadas, e é muito útil para a imagem do jogo. O mesmo acontecia no início da internet, com o impulso fraternal e libertário que caracterizava os anos 1970 e 1980. A prática do ciberespaço se inspira nos princípios contraculturais de experimentação e partilha. Vem, em seguida, a segunda etapa: intervêm a propriedade e a riqueza, bancos e leis; nada mudou desde Rousseau: 'aquele que foi o primeiro a...', mas o cibersistema dos jogos e dos mundos é mais esperto que o esquema rudimentar da propriedade e escravidão descrito por Rousseau.

O e-comércio e o e-consumidor seguem percursos mais sinuosos. O 'e-consumidor' cumpre, à revelia, o papel de vendedor, ao fazer involuntariamente publicidade para o seu fornecedor: basta uma simples passagem pelo site e o seu pedido serve de isca para futuros 'e-consumidores'. Assim, o 'e-consumidor' participa do destaque dado a produtos padrão para um consumidor padrão. O internauta, tal como o jogador de *Second Life*, aumenta com sua própria passagem a realidade virtual desses produtos: o internauta na Amazon, e o multijogador no mundo de *Second Life*[19].

---

19. Cf. o artigo de Aude Crispel, que descreve muito bem este fenômeno: "La petite e-entreprise du Net-art", *Marges*, n. 8.

Na última etapa da evolução do jogo em direção ao mundo, surge uma moeda interna do jogo que é cambiável no mundo real em dólares 'reais'. Fornecedores do jogo e *mediatores* [mediadores + atores] enriquecem, bancos e empresas também. Estamos num mundo estranhamente semelhante ao nosso. Chegamos, assim, à conclusão paradoxal de que, ao abandonar a parte lúdica de sua concepção, *Second Life* se torna realmente um mundo, mas não um mundo 'outro'. Se o espaço do jogo era, de fato, totalmente novo em sua estrutura virtual, ao se tornar 'mundo' ele perde essa novidade em prol de uma imitação do MCA (o 'mundo-como-ele-anda'). É o elemento neutro em si, o dinheiro, que, ao operar a conversão do jogo em mundo, o impede igualmente de se tornar integralmente um mundo[20]. Com efeito, ele depende, em sua versão econômica, das leis vigentes no mundo primeiro, e está à procura de uma normatização dos usos conforme o modelo do mundo 'real'. Ao invés de se tornar outro e plural, ele tende a integrar o modelo padrão.

---

20. Isso é muito bem mostrado por Edward Castronova, numa entrevista concedida a Michelle Blanc em 2006: "This is where I would set *Second Life* apart. This is unique technology here. It would be really bad for *Second Life* to be closed off from the real economy. It's a big part of its 'raison d'être', to be an economic space that is well-integrated into the real economy. That's different from a fantasy world". Cf. também o artigo supracitado, in *Quaderni*, n. 67.

NOTAS FINAIS E FRAGMENTADAS
A RESPEITO DOS SEGUNDOS MUNDOS

Desta forma, o assim chamado mundo 'real' vai aos poucos absorvendo aquele que é tido como 'extrarreal' ou, pelo menos, 'à parte'. Isso equivale a dizer que ainda triunfa o modelo único monocentrado, em detrimento dos mundos possíveis, mesmo sendo esses realmente implantados. O critério de realidade que, como vimos, não basta para distinguir o mundo primeiro do mundo artificial, principalmente quando já não se trata de um jogo isolado em seu perímetro de regras, e sim de um mundo persistente como o de *Second Life*, acaso seria ressuscitado para essa ocasião?

A atual discussão em torno dos direitos dos jogadores enquanto habitantes desses mundos parece confirmá-lo: à vigilância interna do jogo, ligada às regras a serem respeitadas para que ele funcione a contento, vem somar-se uma vigilância externa – a do direito civil. Pois a questão que então se coloca é que são incertos os limites entre realidade primeira e realidade segunda. Será preciso constituir um regime jurídico à parte, uma organização de direito à altura do virtual, ou aplicar, com algumas modificações, o direito e as leis da instância jurídica comum internacional? Jurisdição que leva em conta os direitos autorais (sobre as modificações inovadoras trazidas ao programa pelos jogadores) e os direitos de propriedade (sobre as compras realizadas no território do jogo, quer de terrenos, quer de material). Compreende-se a hesitação: aplicar o direito comum aos jogos em forma de mundo persistente significa homologar o fato de que o mundo de *Second Life* e todos os mundos similares fazem parte das realidades desse mundo aqui, que seus habitantes são tão reais como os jogadores que os animam, e que o universo virtual não apresenta qualquer diferença, do ponto de vista da realidade, com este mundo aqui: o nosso. Em compensação, prever uma constituição específica para esse tipo de mundo significa aderir à crença em mundos plurais justapostos, diferentes em sua estrutura, sem no entanto ser capaz de cogitar habitá-los de fato.

Em se tornando mundos, e mundos reais, os universos persistentes perdem, portanto, sua autonomia, seu *status* de 'mundo'. E os habitantes avatares, sobre os quais eu tinha fundado a esperança de que serviriam de mediadores, por assim dizer, ativas interfaces meio homens, meio máquinas, híbridos interfaciados como eram os heróis da Grécia antiga, semideuses mas também semi-homens (o que em geral se omite observar). Esses habitantes avatares se parecem quando muito com bonecos, *imagens atuadas* cuja ação é dirigida pelo ou pelos jogadores em pessoa mas, principalmente, pelo sistema oculto do jogo, que conta com diversos atores. Os 'selfs' e seus avatares nos pregaram muitas peças. Imbuídos de si próprios e dos seus problemas de identidade, dos quais nem eles nem a sociedade sabem o que fazer, acabam afinal por obstruir aquilo que tinham por missão revelar.

Observação conclusiva e deceptiva, que parece estranhamente similar àquela que concluía a reflexão sobre a arte contemporânea, na segunda parte deste trabalho. Tínhamos chegado a duvidar da capacidade da arte de abrir para mundos alternos, ou a pensar, inclusive, que eles reconheciam de certa forma uma impotência radical em aceder a eles, devido – paradoxalmente – à demasiada riqueza de seu mundo de fundo. Aquilo que deveria nos lançar rumo a outros horizontes é que impossibilitava o seu acesso. E, assim, a pergunta da partida e da existência alterna se restringia a esta outra:

O que podemos transportar dessa realidade que é o nosso 'habitável', ou seja, nossa ontologia de fundo, a *ürdoxa*, para uma realidade que nos é estranha, sob que forma e com que grau de satisfação?

Ao escolher os jogos *on-line*, mais especificamente *Second Life*, enquanto terreno de reflexão, minha ideia era sair do encerramento de uma realidade, restrita tão somente ao mundo conhecido e habitado, e propor outra realidade, tão real quanto, mas da qual sabemos muito pouco e que, no momento, não habitamos, no sentido pleno do termo *habitar* (ou seja, carregado com todo o plano de fundo dóxico). Ora, ocorre que esta exploração nos devolve uma imagem quase caricatural de nossas conclusões anteriores: diferente em sua estrutura e nas possibilidades de ação que oferece, o segundo mundo recua para as prerrogativas do mundo primeiro, e suas possibilidades são usadas como vantagens anexas ou arranjos complementares: mais mobilidade, mais velocidade, mais rejuvenescimento (renovação), mais conhecimentos, mais sociabilidade etc. Ficamos, então, presos num estranho entremeio disposto em quiasma: a arte, em suas formas mais contemporâneas, tinha resgatado alguns processos, como multiplicidade simultânea, utopia concreta de uma centralidade estilhaçada, locais sem permanência, a autopoiese das totalidades emergentes, mas não possuía nenhum espaço real, concreto, para implantar esses novos dispositivos. Ficávamos magicamente enfeitiçados, seduzidos, mas o objeto a conquistar permanecia distante; dele só tínhamos um 'vale', um álibi. Os jogos eletrônicos, os mundos persistentes, as redes do ciberespaço oferecem, por sua vez, esse espaço que os artistas contemporâneos buscavam construir. Com eles, temos um espaço-tempo estruturado segundo a utopia, mas falta-lhes serem habitados. Os avatares são demasiado dependentes de seus criadores, e estes, demasiado dependentes do regime social existente no mundo primeiro, para poderem ser considerados habitantes de seu próprio mundo. Para falar de um modo um tanto brutal: de um lado, habitantes sem espaço; de outro, um espaço sem habitantes. Duas peças de um mesmo quebra-cabeça se encarando com hostilidade, espelhos invertidos.

Seria então o caso de pendurar as chuteiras e encerrar esta exploração constatando um fracasso simétrico, ou será que essa própria constatação pode estar repleta de ensinamentos? Essa é, sem dúvida, uma forma perversa de retomar a posse de bola; ainda assim, tenho a impressão de ter trilhado uma certa distância, uma vez que as investigações sobre a ontologia dos mundos possíveis e a realização de uma utopia oferecida por mundos como *Second Life*, se não nos permitem o esperado acesso aos mundos plurais, indicam porém algumas possíveis linhas exploratórias. De minha parte, vislumbro duas que eu gostaria de seguir, ou pelo menos esboçar, no último capítulo deste ensaio.

A primeira via se refere à utopia: pode o cibermundo ser visto como a *realização de uma utopia*? E, em caso afirmativo, que tipo de utopia? E que luz esse dado nos traz a respeito dos mundos sintéticos? Com a segunda via, deixaríamos o terreno dos 'selfs' e dos avatares para interrogar a possibilidade de existir *qua* em um ou mais mundos gêmeos do nosso, acompanhando assim o realismo modal de David Lewis[21].

---

21. David Lewis, *De la pluralité des mondes*, trad. fr. M. Caveribère e J.-P. Cometti, Paris, Éditions de l'éclat, 2007.

CAPÍTULO 3
REALIDADE, UTOPIA CONCRETA E *QUA*

Tal como o experimentamos diariamente, e visto pelo binóculo de segundos mundos como *Second Life*, o cibermundo desenvolve mais do que uma *performance* tecnológica, mais do que sua própria capacidade de manter vivo um sistema complexo e dotado de múltiplas fronteiras e bifurcações: ele também possui uma carga considerável (e talvez explosiva) de *negatividade*. Ele está, por exemplo, em condições de mostrar os limites da *utopia concreta* de Ernst Bloch, enquanto demonstra igualmente a impotência da arte em cumprir seu desejo, realizando-o ele próprio em seu próprio espaço. Além disso, o universo em que ele 'age' não pode tampouco ser plenamente aquilo que afirma ser. Nisso, o cibermundo se apresenta como o que eu gostaria de denominar uma *utopia negativa*. O que se deve entender por isso?

TIPOS DE UTOPIAS

Definir utopia e os tipos de utopia não é tarefa simples pelo tanto de contradições que esse exercício traz em si. De modo geral, distinguem-se utopias positivas e utopias negativas; mas as utopias ditas 'positivas', que descrevem um paraíso harmonioso em que abundam riquezas de toda sorte e onde reina a paz, encerram, na verdade, críticas mais ou menos virulentas à ordem existente. Elas geralmente pretendem endireitar, ou mesmo fustigar, um sistema e regimes políticos existentes, oferecendo-lhes conselhos e modelos a serem seguidos. Toda utopia dita 'positiva' contém sua cota de contestação. Caricatura e escárnio têm nela um lugar. Gulliver e Cândido têm a ver com a ilha de *Utopia* de Thomas More e o *France-Ville* de Júlio Verne. Pode-se supor, no entanto, que as utopias negativas (que também podemos chamar de 'contrautopias' ou 'distopias') exploram a veia contestatória exagerando ao máximo. Regime político e pensamento totalitário são seus alvos. A própria vida se torna absurda, multiplicam-se os impasses lógicos, as contradições, as imposturas, a narrativa vira tragédia. Nesse sentido, *O Processo* ou *1984* são utopias negativas.

Mas essa divisão entre positivo e negativo, além de não ser rigorosa, esquece, principalmente, os gêneros utópicos mais sutis. Assim é com a *Utopia concreta* de Ernst Bloch, que não tem como ser levada em conta nessa dualidade, ou com utopias em que a negatividade atua dialeticamente. Esses dois tipos de utopia não são textuais, como são as narrativas utópicas: referem-se a entidades material e fisicamente presentes – que têm, portanto, um espaço e um tempo físicos definidos –, e analisam suas modalidades de maneira a que se distingam nelas traços característicos da utopia. Em outras palavras, são Estados existentes, concebidos segundo uma utopia que os põe em ação. As sociedades utópicas do final dos séculos XVIII e XIX são desse tipo. Possuem como características comuns serem a encarnação de uma ideia, nascidas já armadas na cabeça de seu criador, qual a Minerva de Júpiter. A utopia consiste justamente nessa súbita realização, sem etapas nem evolução, e fixada em regras estritas. No século XIX, a Colônia Cecília, no Brasil, respeita os princípios da anarquia estabelecidos de uma vez por todas pelo fundador dessa sociedade. Temos aí um *dispositivo social movido a utopia*. Por isso, esse dispositivo está muito distante da 'utopia concreta' de Ernst Bloch.

A UTOPIA CONCRETA DE ERNST BLOCH

A aliança entre os dois termos é paradoxal. O qualificativo 'concreto', inesperado, é contrário à ideia de utopia. Com efeito, enquanto a utopia não tem um lugar de existência, o que é concreto está aí, materialmente presente: existe no sentido pleno de *existir*, e não dentro de uma ficção – enquanto texto – ou de uma imagem – em sonho. 'Concreto', em absoluta oposição com a utopia, forma com ela um casal *indecidível* com fronteiras imprecisas: inacabamento, prestes-a-aparecer e pré-aparecer, quase-presente. A utopia concreta antecede aquilo que anuncia, já lhe dando corpo, mas se mantém retraída nesse próprio avanço. Ela reconhece um desejo que está tomando forma, sem presumir o resultado.

Em *Princípio Esperança*[1], Ernst Bloch associa a utopia ao horizonte da técnica: ela é este próprio horizonte e aquilo que conduz a ele. Retomando a expressão de Schelling, Bloch fala em "uma atividade que está ela própria em atividade"; não se trata do resultado da atividade na forma de um produto – definido, acabado, congelado –, e sim daquilo que está concretamente se produzindo. O concreto não é um estado, é um processo: o processo através do qual a natureza produz incessantemente a si mesma. Como ela, e – acrescenta Bloch – com ela, fazendo uma aliança, poderíamos concretizar (fazer surgir) novos processos. O que a perpassa, o que a motiva e torna seus processos concretos, é uma utopia, um desejo que ainda não tem um lugar (é desprovido de *topia*) e procura um, através de mediações de todo tipo. A mediação técnica é uma delas; é então chamada de *utopia técnica* (uma expressão tão incongruente quanto utopia concreta). É um dos instrumentos que tendem a concre-

---

1. Ernst Bloch, *Le Principe Espérance*, t. II: *Les épures d'un monde meilleur*, trad. fr. F. Wuilmart, Paris, Gallimard, 1979, p. 255 e ss. [*O Princípio Esperança*, trad. Nélio Schneider, Werner Fucks, Rio de Janeiro, Contraponto, 2005.]

tizar o desejo de aliança, a qual se cumpre em alguns momentos, em alguns lugares, de forma fragmentada, e de maneira privilegiada em algumas obras de arte.

As práticas artísticas apresentam, com efeito, sob forma de obras ou partes de obras, as figuras ou pré-figurações dessa aliança técnica com a natureza: uma espécie de coprodutividade. Multiplicidade simultânea, autodesenvolvimento, liberdade dentro das limitações formais, que analisamos acima[2] enquanto práticas 'prestes-à-passagem' para os mundos alternos, são marcas de encontros entre a arte e a natureza, pré-nomeadas, por assim dizer, na esperança de que advenham.

Face a essa utopia concreta, qual o papel do ciberespaço? Pode-se dizer que ele atende a esse desejo; ele o preenche em seus aspectos mais futuristas: desenvolvimento *sui generis*, multiplicidade, acaso dominado, generosa ubiquidade. E até solidariedade, entendimento e amizade entre os habitantes deste mundo. Ao preencher assim o desejo, esse novo mundo *concebido segundo a utopia* torna vã a esperança por ele; realizado, o desejo não tem mais razão de ser. Já não estamos na ontologia do 'ainda-não-ser', mas nessa do 'já--advindo', disto que está aí, existe concretamente e pode, portanto, ser objeto de conhecimentos detalhados e específicos. Pois existe de fato uma ontologia do ciberespaço, com seu conjunto de conceitos e ferramentas, seus profissionais e

---

2. Cf. Parte II, capítulo 2: "Poética da multiplicidade".

suas condições de funcionamento. Mas o papel da utopia, a função militante do sonho que caracteriza a utopia, é esquecida em prol de um sonho ao alcance da mão, já pronto e quase embalado para ser usado e comprado: um mundo para avatares e jogos de sociedade. Rebatimento sobre a realidade suficientemente demonstrada, por exemplo, pela evolução comercial de *Second Life*. Essa utopia concreta, assim detida em seu impulso, ainda não deixou de preocupar a realidade existente: sempre há um resto de futuro num sonho alcançado, um resto ativo, que poderia quem sabe se voltar contra sua própria realização. Uma espécie de negatividade inerente à utopia, que continua seguindo caminho bem depois de concluída a etapa da realização.

A utopia crítica, modalidade do negativo

É o que é assumido por um tipo de utopia que raramente se tem a oportunidade de analisar; ela pertence ao gênero das utopias negativas, mas por um viés particular, uma vez que não se trata, aqui, de se contrapor ao existente, nem de cair no excesso dramático. Poderíamos, evidentemente, ver em *Second Life* uma caricatura do mundo-como-ele-anda e concluir que esse jogo é uma espécie de utopia negativa: utópico porque oferece uma realidade fictícia que agrada, negativa porque dá uma representação pessimista do andamento normal do mundo. Mas não é esta a interpretação que vou escolher. Vou antes recorrer à lógica da teologia negativa para tentar compreender em que registro e como funciona uma *utopia crítica* interna ao cibermundo e, particularmente, a um tipo de jogo como *Second Life*.

Denomina-se 'teologia negativa' um tipo de argumentação que visa apresentar a existência de um objeto enquanto não existente de tal ou tal forma específica. Afirma-se, assim, a indizibilidade de Deus: Ele é tão grande, tão infinito, que nenhuma palavra, mesmo sem fim, daria conta de descrevê-lo, nenhuma qualidade poderia lhe convir, nem qualquer atributo esgotar o seu ser. A única maneira de falar sobre ele é calando-se[3]. Podemos, porém, esquecer o 'teo', outros objetos além de Deus podem ser tidos como alvo, como também se pode substituir o *discurso* da utopia crítica por um *objeto* crítico fisicamente existente. É então esse dispositivo concreto que, por sua mera presença, 'argumenta' de forma negativa. É um *objeto* ou um *dispositivo crítico*. A diferença com relação à utopia negativa clássica é que, nesse caso, a atividade, o funcionamento em si desses mundos existentes, é que denuncia o dispositivo do mundo primeiro; o que sustenta a crítica não são textos, e sim ações que aumentam ao longo de sua própria ativação. Podemos, portanto, empregar o termo de Bloch; trata-se mesmo de utopias *concretas* negativas, e sua carga de negação cresce na proporção do desenvolvimento dos mundos que elas instauram.

---

3. Conhecida conclusão de Wittgenstein no *Tractatus*, a que ele próprio renuncia convertendo-se aos jogos de linguagem.

As regras da arte

Tomemos um setor que interessa especificamente à nossa pesquisa, o setor da arte, e admitamos, para começar, que possa haver arte na internet – ou seja, no ciberespaço. As regras que permitem agir na estrutura desse mundo oferecem aos internautas a possibilidade de transformar uma obra (melhor dizendo, uma peça) exposta na rede. Posso intervir sobre uma imagem, modelá-la a meu bel-prazer, tirar uma parte, recompô-la com outro fragmento e me tornar, num só gesto e num só momento, um espectador[4]. Essa intervenção – que pode ser multiplicada *ad libitum* – torna inoperantes os conceitos de autor, autenticidade e originalidade, que estão no princípio da 'arte-como-ela-é-feita' do mundo primeiro. A oposição original *versus* cópia, e autor *versus* imitador ou plagiador, deixa de ter sentido; desaparece grande parte do mito da arte. Desaparecem também os direitos autorais: deveriam ser *left*, e não *right*, o que estaria dentro da lógica da mudança se tal proposta não esbarrasse na legislação vigente no mundo primeiro e, principalmente, na ideologia da arte.

Por esse traço, percebe-se que a mudança não ocorreu de fato, e que uma espécie de compromisso capenga entre os princípios da arte tradicional e a nova referência digital se estabelece bem ou mal, com suas contradições e hesitações.

---

4. Conforme a expressão já citada de Jean-Louis Weissberg.

Left, sim, desde que seja autorizado pelo construtor do site; *blogs* 'livres', sim, desde que os construtores da rede que disponibilizam as ferramentas para criá-los não julguem os conteúdos inaceitáveis. Se já não ocorre a seleção das obras por parte dos galeristas, subsistem critérios latentes, não ditos, em geral desconhecidos pelos praticantes, e por isso mesmo mais ativos. Tais contradições trazem à luz os limites do sistema a que são submetidas as práticas artísticas habituais; nesse nível, a utopia negativa atua concretamente.

Outro efeito não desprezível da introdução da arte na rede, além de revelar os princípios limitativos e cerceadores de uma arte tradicional que se pretendia livre, é a colocação entre parênteses, ou mesmo a total extinção, do sujeito contestatário. São conhecidas as contestações, as recusas e os desvios praticados pelos artistas dos séculos XIX e XX até os dias de hoje. As vanguardas assumiram essas contestações procurando transformar ou abolir conceitos como a originalidade (da obra), a genialidade (do artista), o aspecto sagrado (da arte), o poder das galerias e dos *marchands*, e defendendo princípios e valores como o inacabado, a repetição, o cotidiano, o banal, a cópia, o feio, e até a economia de mercado. Clãs, grupos, indivíduos se engajaram nessas lutas. Ora, o que há de notável com a arte na rede é que as contestações não se colocam mais como reivindicações individuais de artistas em luta contra um sistema, e sim se impõem como *indispensáveis* ao funcionamento da rede existente. As contestações são obra do sistema interativo da rede. Entrar na internet para fazer arte significa aceitar o *left*, as transformações, os empréstimos, as cópias; tudo o que era objeto de negociações e luta se transforma, na rede, num conjunto de regras necessárias, de limitações oriundas da própria concepção de rede. Pois a contestação não provém, de modo algum, dos internautas: não há vontade negadora por parte dos indivíduos no cibermundo, os 'net-artistas' não possuem uma vontade destrutiva em relação à arte tradicional, muito pelo contrário. O próprio sistema é que funciona de tal maneira que nega a maneira comum de se mover, tanto no espaço e tempo como nos dados arquivados e na aquisição de conhecimentos. E o próprio sistema da internet, por exemplo, é que vem mostrar o quanto as obras de arte do mundo primeiro são objetos de consumo, mercadorias sujeitas às condições de sua exposição. Boa parte da net-arte consiste de fato na exposição de obras, ou na construção de sites dedicados a autores. A facilidade que tem a internet de se transformar em galeria aberta incita cada vez mais artistas e autores literários a recorrer a ela como suporte publicitário; o recente fenômeno dos *blogs* atesta esse apetite, como se a rede estivesse finalmente dando aos artistas envolvidos o lugar que lhes cabe, julgam eles, no mundo como ele anda. Assim, a tão propalada 'criatividade' acaba por se revelar na rede como um desejo de conhecimento, uma forte irrupção de febre identitária; ser reconhecido como ator, ou até – tudo bem – como *consumator*, no mundo da internet resume cruamente a situação dos autores no âmbito da arte, e essa revelação deve ser creditada à negatividade concreta da rede digital. A carga crítica do cibermundo põe em evidência as limitações que constituem o quinhão da arte no mundo primeiro.

Essa negatividade, porém, faz mais que isso: o cibermundo apresenta os anseios – ubiquidade do tempo e do espaço, simultaneidade das trocas e acesso permanente às informações – como realizados; ele então rouba, por assim dizer, o cabedal da arte, à qual denega qualquer tipo de propriedade ou criação nesse setor. Àquilo que a arte queria, quem responde é o mundo sintético; aquilo que a arte afirmava abrir como a um mundo era uma ilusão, um 'vale', um álibi. Em compensação, o cibermundo é um mundo de fato, e um mundo outro, cujas leis físicas são diferentes das nossas. E não foi a arte quem fez nascer esse mundo, a arte não fez mais que prefigurar seus traços em forma de anseios ou, como diz Bloch, de *esboço* (mas nem sempre). O cibermundo é esse anseio comum, realizado fora da arte, pela mediação da tecnologia. Ao sistema da arte do mundo primeiro só resta recolher-se sobre seus antigos temas, que ela medrosamente controla.

Ou então, caso algum viajante aventureiro venha se imiscuir na net-arte para desviar seus códigos, a negatividade do mundo digital irá se exercer contra ele. Eis que o artista net-arte se torna um *objeto crítico*, funcionando em negativo no interior da engrenagem, transformado à revelia em mensageiro da negatividade que anima o sistema. Assim é que a paródia, o desvio ou a lógica do absurdo se tornaram as práticas de alguns artistas da rede – práticas fora das quais não há salvação para um autor que não queira se sujeitar às coerções e limitações que o funcionamento do sistema lhe impõe. Esses 'net-artistas' se envolvem numa espécie de guerrilha-marketing, mas são eles próprios, afinal, antes vítimas do marketing do que causadores de distúrbios no interior do net-mercado. É o caso dos dois artistas citados por Aude Crispel em seu artigo da *Marges*[5]: não se sabe, por exemplo, se Christophe Bruno[6] alcança o objetivo artístico a que se propôs ao produzir obras que atendam à sugestão de um cliente ou se ele gerencia um estoque de imagens prontas acomodando-as ao gosto do freguês. Tampouco se sabe se *L'Échoppe photographique* [Quitanda fotográfica] de Nicolas Frespech[7] poderá sobreviver caso as encomendas venham a faltar; como qualquer empresa fora da rede, a Échoppe está sujeita ao mercado. Mais uma vez, a crítica negativa praticada pelos net-artistas não resulta de uma liberdade tomada contra o sistema, e sim da única possibilidade de ação deixada pela rede àqueles que querem

---

5. Aude Crispel,"La petite e-enterprise du Net-art".
6. Christophe Bruno, *Describe your symptom, we'll make an art piece*: <http://www.unbehagen.com/symptom>. Em "describe your symptom", o artista atende à demanda do 'paciente'.
7. Nicolas Frespech, *L'Échoppe photographique*: <http://www.frespech.com/echoppe>. Aqui, o artista se coloca gratuitamente à disposição do patrocinador e lhe fornece a foto desejada. O que está invertido é a relação artista criador/espectador-consumidor, e o sistema hierárquico da arte é que é criticado, mais do que o sistema da rede.

fazer arte nesse suporte. Outra possibilidade é organizar pessoalmente a rede e criar suas próprias ferramentas, tornando-se assim empreendedor – mas, no mais das vezes, a lei do mercado e a competição acabam derrotando essas iniciativas.

Apresentando-se como uma tecnologia global capaz de abarcar práticas artísticas, esse outro mundo digere seus signos distintivos e delas dá uma versão restrita, reduzida ao máximo. Competição, mercado, limitações, anseio de reconhecimento, vacuidade: tais são as marcas que ele exibe, qualquer que seja, afinal, a atividade exercida por um espectator nesse mundo: jogo, arte ou conhecimento.

QUESTÕES DE REALIDADE E DE PLANO DE FUNDO

Embora deixemos agora a questão da arte na rede, ou net-arte, permanece a questão fundamental colocada pela utopia negativa concreta do cibermundo: a questão de sua realidade e a questão, paralela, da realidade do mundo primeiro. Pois a negatividade trabalha, a um só tempo, contra e a favor da realidade: realidade do mundo alterno e a do mundo primeiro, ou 'mundo-como-ele-anda'. Assim, em cada mundo, a intuição é a mesma: sou real porque, justamente, não sou real à maneira do outro mundo. É o que diz o indivíduo X do mundo primeiro, e é também o que dizem os jogadores do ciberespaço. Ao se oporem assim quanto ao que é real e o que não é, os dois mundos (e os outros, de que pouco ou nada conhecemos) privam um ao outro de suas respectivas realidades. A realidade de um mundo só é o que é porque não é a realidade de um mundo alterno. A esse custo, e considerando-se os pontos de vista dos outros mundos sobre sua própria realidade, comparativamente, por exemplo, à realidade do nosso mundo, teríamos pouquíssimas chances de passar por reais. Neste ponto, já não se sabe definir a realidade, a não ser para um único mundo e mediante uma asserção categórica que exclui qualquer forma de reflexão no sentido próprio: a asserção da realidade do nosso mundo exclui, com efeito, o reflexo dos outros mundos para nós aqui, e o reflexo desta nossa realidade para os mundos alternos. A realidade assim afirmada é, portanto, privação de realidades plurais, e se a seguirmos ao pé da letra em sua versão categórica, ela é também privação do mundo fictício que o envolve e no qual vivemos.

Como, então, concatenar a ideia de que somos de fato reais e que, porém, existem outras realidades *igualmente* reais em outros mundos? Estaria o problema neste 'igualmente' Devemos a David Lewis uma hipótese que satisfaz inúmeras interrogações a esse respeito. Segundo ele, se considerarmos a realidade dos mundos alternos como 'uma hipótese útil', conseguiremos aceitar a realidade dos outros mundos e, quem sabe, contrariamente à intuição comum, acreditar neles.

Uma hipótese útil é uma teoria verdadeira

Esta proposição indica a direção seguida por Lewis em sua pesquisa sobre os mundos plurais e sua realidade. Trata-se de uma proposição pragmática que pretende ser discutida ponto por ponto, à maneira de uma negociação entre vendedor e consumidor. O que temos a ganhar confiando na hipótese do realismo dos mundos alternos, e do que teremos de abrir mão em troca? O ganho esperado valerá a pena? E que espécie de ganho, aliás? A segunda parte da proposição o explica: é no registro da teoria que este ganho deve ser buscado.

Perdas e ganhos

Se existe um primeiro ganho incontestável, é o ganho que beneficia a lógica modal. O mundo do 'se', os *possibilia*, permite abarcar os contrafatuais, ou seja, as proposições intencionais, como os desejos, os temores, as expectativas ou os arrependimentos. Postula-se a existência de vários mundos a fim de desdobrar ao máximo os vários estados possíveis de uma proposição. Essa hipótese teórica – adotada pelo conjunto dos lógicos – sustenta o edifício complexo das diversas semânticas dos mundos possíveis. Estas são abundantes, e essa abundância contribui para obscurecer uma compreensão ingênua, intuitiva, desses mundos possíveis; que sejam necessárias tantas precauções e preliminares para aceitar sua realidade significa que de fato se trata de um terreno abstrato, alheio à simples apreensão das coisas deste mundo e pouco ou nada adaptado aos domínios da crença com que a lógica modal pretende lidar.

Assim, esses outros mundos (um em que todos os cisnes são pretos, outro em que são todos azuis, por exemplo), embora existam em relação à utilidade que apresentam para a lógica modal, não são geralmente considerados reais à maneira do nosso mundo daqui. E embora, visto pela luneta modal, o mundo dos *possibilia* seja uma ferramenta necessária e tão real quanto possa ser um objeto matemático, para a *doxa* comum ele permanece no domínio dos mundos flutuantes, inconsistentes, irreais. O que perderíamos então, com a hipótese teórica dos *possibilia*, seria, segundo David Lewis, algo da ontologia primeira, aquela que se interessa pela existência do ser. Esse ser exclui, obviamente, as existências de outros seres possíveis, ou só os admite em sua periferia, enquanto derivados, sucedâneos ou objetos menores. Se quiséssemos impor os *possibilia* no contexto dessa ontologia primeira, perderíamos a batalha. Mas, como vimos, existem outras ontologias. Deparamos com essas ontologias no momento de compreender o que os informáticos da geração web entendiam por elas. As ontologias a que esses pesquisadores se referem são *ontologias 'regionais'*, ligadas aos conhecimentos e ao material próprios para sua aquisição. No que tange a essas ontologias, não perdemos nada caso adotemos a hipótese dos mundos possíveis; muito pelo contrário, o conhecimento das modalidades da linguagem e de sua lógica se vê enriquecido. Admitindo-se que, no que tange à ciência do ser daquilo que é, o caminho está barrado há muito tempo e que, por outro lado, as ontologias regionais cumprem plenamente seu ofício para a semântica dos mundos possíveis, a única perda importante parece ser a da ontologia de fundo: aquela que assume as crenças, opiniões e afetos diversos que constituem o patrimônio comum daquilo que denominamos 'a realidade deste mundo'.

Apreender a realidade significa, de certa forma, pôr em marcha um dispositivo de segurança no qual intervêm diversos níveis de experiências bem vivenciadas, entre elas a aprendizagem bem-sucedida da língua e dos conceitos úteis para classificar os elementos do ambiente – experiências que formam uma rede, da qual não temos consciência, mas da qual emerge um resultado patente: 'levar fé' no mundo daqui.

Esse acordo sobre a credibilidade de nossa apreensão das coisas ditas 'reais' não deixa, porém, de apresentar uma exclusão: para o senso comum, com efeito, os universos alternos não são credíveis, falta a sensação de sua realidade. É uma graciosa brincadeira acreditar (pois é disso que se trata) que eu tenho uma contraparte 'real', e não fantasiada, em outro mundo. Essa exclusão remete à separação realidade/ficção que permite à crença funcionar: de um lado, a realidade das coisas vistas e sabidas; de outro, o que pertence ao domínio do inverossímil (nem visto, nem sabido). Esse trabalho de separação constitui uma triagem permanente, que dá segurança à crença na realidade do mundo e à nossa própria, enquanto elemento deste mundo 'triado'. E essa crença não cede diante dos mais sofisticados argumentos. A ontologia de fundo é resistente: não pode ser destruída ou abalada pelo raciocínio, e tudo se dá como se, para ela, o 'Eu sei, mas, mesmo assim' fosse a palavra de ordem; assim é que ainda acreditamos que a Terra é estável, que o sol se põe e que nosso mundo é único. Seria essa ontologia o que perderíamos caso aderíssemos ao realismo modal? A triagem ficaria em perigo e a segurança, reduzida?

A situação é delicada: de um lado, a crença na realidade tem por base a soma de experiências cruzadas que compõem o plano de fundo e que se recusam a se deixar enganar por abstrações e, de outro, a hipótese de uma realidade desses mundos é 'útil', logo verdadeira: portanto, deve ser verdadeira também (e, diz Lewis, principalmente) para o senso comum, no nível da experiência dóxica que o plano de fundo representa. É, pelo menos, o que pretende o autor. A tentativa de ultrapassar a barreira do senso comum parece, porém, condenada ao fracasso. Vamos nos deter, um momento, nos motivos desse fracasso. Nem todos se devem à incredulidade advinda do plano de fundo: alguns são oriundos da intervenção de máquinas técnicas e da sua frequentação. Os argumentos, mesmo os mais bem organizados – como acabamos de ver –, de nada valem contra a teimosia da *doxa*, mas há mais: no mundo da realidade, a que se agarra a *doxa* e que ela constrói, há o necessário para satisfazer o desejo de 'alternidade'; o ciberespaço oferece 'realmente' outro mundo ao alcance da mão, com contrapartes dos jogadores 'realmente' construídas por eles, seus avatares. Já temos aqui, portanto, um acesso à realidade de outros mundos; o ciberespaço é um mundo acessível, oferece uma alternativa; é a evasão, a realização de eternos desejos: ubiquidade, invisibilidade, levantar voo, onipotência – um autêntico conto de fadas. Então, por que buscar mais além? O desejo por mundos é preenchido pela existência do ciberespaço e, dentro dele, pela dos jogos persistentes e a possibilidade de produzir avatares. 'Eis aqui um outro mundo com suas próprias leis', acreditam os praticantes, esquecendo-se de que se trata de um mundo inscrito no nosso mundo daqui, um enclave pertencente – creio tê-lo demonstrado – a uma economia libidinal de mercado absolutamente 'intramundana'. Podemos então falar em álibi, em 'vale', em substitutivo.

Com efeito, assim como a arte era, há pouco, um álibi para os mundos que deveriam se abrir diante dela, eis que o ciberespaço, que parece dar uma resposta aos anseios da arte ('eu lhes ofereço aquilo que vocês buscavam em vão: multissentidos, multitemporalidades, simultaneidades, estruturas físicas desreguladas'), também apresenta um *fazer de conta*, um álibi para esses mundos cuja realidade outra lhe escapa. Não deveríamos dizer, tal como dissemos no caso da arte: o que parecia ser a via pertinente para aceder aos mundos plurais é também exatamente o que proíbe sua aproximação? De um modo ainda mais paradoxal (ou, poderia arriscar, 'perverso') que a arte, o ciberespaço de fato promete e nega, num mesmo movimento, o acesso aos mundos alternos. Promete mais do que a arte, uma vez que sua estrutura espaçotemporal é realmente distinta do nosso comezinho e permite todo tipo de movimento inédito no mundo habitual, mas, ao mesmo tempo, desvia constantemente essa escapada para questões terra a terra, colando-nos, de certa forma, a uma satisfação de curto prazo, ameaçada pela economia restrita que mantém vivo o sistema. *Espectator* e *consumator* se encerram com prazer na dupla armadilha da ilusão criativa e de um encontro do terceiro tipo com os mundos paralelos. Dessa forma, a experiência real do ciberespaço dissimula a possibilidade de outros mundos, mantendo ocupada a *doxa*, a qual aprecia os jogos de engano, de falsas aparências e de poder.

Há, portanto, que reconhecer que a hipótese 'útil, logo verdadeira' do realismo modal deve contar com a perda de um importante nível ontológico: o do plano de fundo dóxico, que dela não se beneficia. Falta à hipótese da realidade dos mundos plurais o bônus de prazer oferecido pelo domínio dos jogos persistentes. Ora, esse bônus que coroa uma atividade bem-sucedida faz parte da complexa meada das 'afeições' cujo cerne encontramos na ontologia de fundo, e sua ausência assinala o fracasso do realismo modal, a incredulidade que ele suscita. Onde se situaria então, para além de sua utilidade para a teoria lógica, o ganho dessa hipótese?

PRÁTICAS MODAIS

Parece difícil dizer isso em resposta aos argumentos lógicos, mas o ganho de tal hipótese será provavelmente tanto de ordem moral como de ordem epistemológica; deve-se pensar, com efeito, que a tese do realismo modal concerne, além da teoria lógica, às práticas da vida cotidiana, às formas de ser. Existem formas 'modais' de ser, por exemplo, assim como há formas assertivas. Tomemos o caso das contrapartes, caras a Lewis. Contrariamente à fabricação de avatares, dos quais o jogador se sabe produtor, as contrapartes não dependem da vontade criativa de um sujeito. São entidades externas, e pouco importa de que projeto, desígnio individual ou providência planetária elas se originem. Assim como os planetas, os mundos possíveis povoam um espaço sobre o qual se sabe muito pouco além do fato de que ele existe. O mesmo se dá com as contrapartes: o fato de elas existirem não indica nem a origem nem a forma como se sustenta sua existência. Reina, portanto, a incerteza no que se refere a elas; podemos apenas colocá-las como um 'fato' por uma espécie de empirismo abstrato, por mais paradoxal que possa parecer essa aproximação entre concreto e abstrato. Empirismo na medida em que nos contentamos em ratificar um fato sem entrar na interpretação, ou seja, sem buscar motivos para ele além de sua simples presença; abstrato porque sua realidade não é verificável através dos dados dos sentidos, e sim por uma série de raciocínios. Poderíamos falar aqui numa intuição – o que implica apreender a realidade de um objeto – aplicada a um dispositivo cuja realidade não é evidente.

Para alguns, poderia significar 'levar fé' numa realidade de um tipo diferente daquela que conhecemos no mundo daqui, mediante uma espécie de salto no desconhecido aparentado à aposta pascaliana. Mas nem pensar, naturalmente, nessa versão espiritualista quando se trata de realismo modal. Outra forma de reconhecer a realidade desses mundos alternos seria considerar uma espécie inferior de realidade; os mundos alternos seriam reais, mas não totalmente. Seriam o que David Lewis denomina 'sucedâneo' de mundos. Mas essa posição, que ele contesta, não faz mais que retomar o tema dos *possibilia*: esses mundos existem, mas não são atuais. Percebe-se que não faltam argumentos contra a hipótese da realidade desses mundos. Lewis refuta-os palmo a palmo e ponto por ponto. É, todavia, de outra maneira, por um outro viés, que essa hipótese é útil e defensável. Há que encontrá-la, ao que me parece, numa *prática da contraparte*.

As contrapartes

Se quisermos exceder as realidades deste mundo, temos de pensar nossas contrapartes nos mundos alternos enquanto objetos autônomos que não dependem de nós (a causalidade simples é ignorada) e não são criações de nossos egos superdimensionados (como são os avatares dos videogames persistentes). As relações que mantemos com nossas contrapartes não são sentimentais nem perversas: são, se é que dá para se expressar assim, de respeitosa neutralidade. Respeitosa, pois nenhuma relação de dependência, nenhuma influência e nenhuma comunicação, aliás, pode se estabelecer entre nós e ela. O que, de saída, equivale a afirmar como princípio não algum tipo de causalidade, e sim a simultaneidade; assim, as contrapartes existem simultaneamente numa pluralidade de mundos, elas não 'representam' nada. Nem a nós, nem a um desígnio global qualquer em que elas teriam lugar. A partir do momento em que acreditamos em sua existência, deixamos de pensar em destino, concordância, comunicação. O isolamento dos mundos alternos entre si é também o isolamento das contrapartes e a indiferença dessas contrapartes às ações efetuadas num mundo ou no outro. Não há tampouco um reconhecimento narcísico das contrapartes entre si, como se se mirassem umas nas outras. E, muito menos, reivindicação de autoria: não somos a sede de imagens de nós mesmos que ocupam mundos ao infinito, uma vez que também nós somos contrapartes de outras contrapartes.

Essas contrapartes podem ter traços parecidos – evoluem num mundo cujas leis são pouco diferentes – ou irem se afastando mais e mais dessa comunhão de traços à medida que os mundos em que residem vão se estruturando segundo leis distintas. Isso as torna ora familiares, ora tão estranhas que para nós perdem a realidade. Dizer então que essa parecença é difícil de explicitar, sendo o próprio conceito de parecença bem delicado de definir, significa enfatizar uma dificuldade suplementar. Somada à recusa da causalidade – e ao seu corolário, a aceitação da simultaneidade –, a apreensão da parecença torna perigoso o exercício. Como apreender uma parecença onde nos faltam as imagens? De fato, nada podemos imaginar (ou seja, formar uma imagem) dessas contrapartes; e é perigoso pensar que elas apresentariam o tipo de realidade que os estoicos atribuíam aos incorporais, o que equivaleria a uma visão de um desígnio global, unificado por um sopro quase divino.

Então, nem ficção científica, nem impulso espiritualista, nem extensão das propriedades intramundanas (não se trata de exportar nosso mundo daqui com seus habitantes para além de suas fronteiras para colonizar o espaço), nem tampouco mutação da espécie humana a transformar-se à medida que os mundos se afastam uns dos outros – o que implicaria numa sucessão no tempo. Com o realismo modal, não se trata de um plano tão vasto, com mudanças de escala e panorama de cores. A hipótese modal não muda no mundo-como-ele-anda, e sim propõe uma versão que induz uma prática específica.

Nada é mesmo certo, nem a realidade de nosso próprio mundo, nem a dos outros mundos: a esse mesmo grau de incerteza corresponde um jeito desinteressado – poderíamos dizer indiferente – em relação às grandes opções destinais, indiferença muitas vezes criticada no realismo modal. Todavia, essa indiferença deve ser entendida no sentido de uma certa laicidade, ou de uma equalização dos mundos e de seus habitantes, uma independência, de certa forma, sem preeminência nem influência de uns sobre os outros. Visão em simultâneo. No presente. Aqui, devo assinalar a inesperada união do realismo modal com o spinozismo: Lewis vai ao encontro da visão de inteligência de terceiro grau spinozista – aquela que põe em presença da natureza em sua inteireza – e que não nos deve mais do que nós mesmos lhe devemos. Inteligência do todo, sem forma imaginável nem representação, mas que podemos apreender na medida em que [*en tant que*] lhe somos copresentes, que fazemos parte dela.

Os 'enquantos' (os *qua*)

A prática da contraparte põe em evidência este 'enquanto' (no latim, *qua*, termo que acho mais adequado a esta exploração em terreno alterno!) como principal modo da alteridade. Por alteridade, entendo aqui a aceitação da existência real de outros mundos, e não a moral altruísta ou o altermundialismo militante. Se pensamos e vivemos 'enquanto', ficamos longe das essências e também dos meros acidentes. A lógica dos *qua* é modal por princípio, leva em conta o permanente *transbordo* de um sujeito *qua* em suas contrapartes. Existo *qua* vivendo neste mundo e também *qua* presente, ao mesmo tempo, em outros mundos. Esses *qua* poderiam ser vistos como correspondendo a modos, se não possuíssem a particularidade de não dependerem de uma substância – como seria o caso numa definição dos modos em termos spinozianos – e de não pretenderem a nada além daquilo que são. Nesse sentido, são antes 'inteiramente modais' do que modos de ser. Essa proposição é tão difícil de conceber quanto a ausência de cronologia e a não causalidade. O realismo modal seria, então, uma filosofia da 'aparência-que-se-basta-a--si-mesma', e isenta de qualquer apego àquilo de que seria a aparência ou o modo. Compreende-se, assim, que o realismo modal esbarre na incompreensão e na rejeição; não só podemos conceber, com efeito, que exista alguma dificuldade, senão impossibilidade, em ficar assim sem amarras, sem domínio privado, em posições que variam de *qua* para *qua*, e sem a segurança de um verbo ou de uma lógica estável, como também temos que admitir que essa atitude fere a moral comum e até o senso comum, na medida em que aceitar a existência dos *qua* equivale a desconsiderar os planos de fundo existenciais que garantem a realidade dos sujeitos mundanos. O sujeito livre e voluntário, cujo 'vivido' constitui o fundamento, é assim deixado de lado, relegado como pertencente à metafísica da substância. O que evidentemente não poderia se aceitar de coração alegre.

JOGOS E ARTE: ÁLIBIS NECESSÁRIOS

Assim, a acessibilidade aos outros mundos é geralmente buscada por outros meios. Mais do que às filosofias 'sucedâneas' – tipos de realismo modal indireto, enfraquecido e como que desencaminhado –, a atividades intramundanas como a arte e o jogo é que será atribuído o papel de abertura aos mundos plurais. A arte, como vimos na segunda parte deste trabalho, teria recebido a missão de abrir um ou mais mundos, palavra de ordem amplamente aceita pelo público e transmitida pelos artistas e estetas. Na arte, encontramos um bônus de prazer ausente na rigidez e severidade das concepções lógicas, mesmo as extravagantes. É um álibi perfeito que satisfaz boa quantidade de desejos, ou mesmo exigências. O desejo de evasão se acha contemplado, mesmo porque a cultura artística se tornou um valor amplamente aprovado, sustentado pela instituição e apoiado por uma literatura impregnada de fenomenologia. O desejo de si, que se manifesta pelo culto dos nomes, também é contemplado na medida em que as obras de arte apresentam o poder criador dos artistas, sua vontade e talento (o que subentende a eficácia da causalidade, a importância da influência e o desdobramento cronológico do processo). Se pensarmos que esses artistas são, afinal, 'gente como a gente', tranquilizamo-nos acerca de nossa existência e da realidade do nosso eu. Podemos então fugir para dentro da arte, ao mesmo tempo que permanecemos firmemente ancorados na terra daqui, desfrutando de uma estabilidade que a contemplação das obras só vem reforçar. A viagem termina com o reconhecimento do ponto de partida.

O jogo, assim como a arte, oferece uma boa aproximação dessa fuga e de sua volta, e possui, além disso, o mérito de demonstrar o papel dos *qua* no contexto de uma fuga real da realidade. Gostaria de me apoiar aqui, para concluir, no trabalho de um artista que tentei interpretar no sentido da teoria dos *qua*[8]. Trata-se de um vídeo de Emmanuel Licha, pertencente à sua série *War Tourist*[9].

Partindo do fato de que o CNEFG (Centre National d'Entraînement des Forces de la Gendarmerie) [Centro Nacional de Treinamento das Forças da Gendarmaria], em Saint-Astier, na região da Dordonha, criou um cenário urbano erigido em pleno campo para atender às necessidades de treinamento em guerrilha urbana, Licha joga com a fronteira imprecisa, e incessantemente invertida, entre realidade e espaço ficcional. Seu vídeo tríptico propõe um percurso de três projeções, que o espectador descobre sucessivamente. A primeira sequência mostra o local a partir de planos lentos sobre detalhes de sua arquitetura. Aqui, nenhum indício permite perceber que se trata de um cenário. Na segunda sequência, reconhecemos o mesmo local, só que envolvido,

---

8. "La répétition générale" [Ensaio geral], texto do catálogo de *R for real*, um projeto de Emmanuel Licha.

9. Essa personagem, criada em 2004 por Emmanuel Licha, percorre o mundo visitando cidades que passaram recentemente por uma guerra ou catástrofe. Ele vai até essas cidades depois do retorno à paz e contrata um guia turístico para visitar as zonas mais atingidas. *War Tourist* é aquele que vai ver de perto a destruição, o caos e a dor dos outros, em busca de sensações sempre mais intensas a fim de aplacar sua sede por imagens fortes, ao mesmo tempo que quer permanecer em segurança.

desta feita, em intensa agitação: está havendo um tumulto urbano, e imagens nervosas mostram os enfrentamentos entre policiais e insurgentes. Tudo parece ser muito real. E então a terceira sequência revela o dispositivo: partindo de imagens de falsos insurgentes à espera da ação, a câmera opera um zoom invertido, revelando assim o campo circundante e as fronteiras desse cenário urbano. Com esse vídeo, Licha parece apresentar uma situação 'real' em que se manifesta, num mesmo momento, a pluralidade dos universos existentes. Um universo em que x é y e, conjuntamente, o universo em que ele continua sendo x. Todos conhecemos a brincadeira de polícia e ladrão:

Alex. – Você *era* os polícias.
Ben. – Eu não gosto de ser polícia.
Alex. – Mais tarde você *era* os ladrões.

Neste breve diálogo infantil o 'você' que 'era' é mesmo o 'você' que está aqui na minha frente, mas o pretérito imperfeito irá mudar o modo de presença: Ben será enquanto outro (Ben$_2$) num mundo que será, por sua vez, outro. Ao passo que Alex, enquanto Alex$_1$, será, por sua vez, Alex$_2$ no mundo em que Ben será Ben$_1$. O que importa nessa brincadeira, em paralelo e por detrás daquilo que costumamos chamar de papéis, é a pluralidade de mundos reais que ela pressupõe em simultâneo. Pois o 'mais tarde' que Alex propõe a Ben remete a uma maneira *qua* de traduzir a permanência simultânea de mundos diferentes. Com efeito, esse 'mais tarde' indica que o mundo W_2, em que Ben será um ladrão, já está sempre presente, mesmo quando Ben se encontra no mundo W_1 enquanto polícia; ambos os mundos são copresentes. Os diferentes atores de uma brincadeira como esta de Ben e Alex, 'Polícia e Ladrão', ou aquela mostrada por Emmanuel Licha, 'Policiais e Insurgentes', existem em sua realidade de *qua*. Ao passo que os mundos que os abrigam são não somente possíveis, mas reais.

Entretanto, coloca-se para esses *qua* a questão de quem são eles quando não estão enquanto (polícia, ladrão). Haveria um terceiro homem, uma entidade distinta, um 'self' por detrás, ou em paralelo, ao policial-insurgente, alguém que decida ser enquanto, como o policial que aceitou o estágio de formação antes de ser *qua* policial e *qua* insurgente na brincadeira? Para ele, existe um antes e um depois, assim como um dispositivo específico de regulação: o início e o começo do jogo abrem e fecham o espaço dos *qua*: assim, o término traz os *qua* de volta ao seu lugar anterior, o lugar que era deles antes de o jogo começar. Quando o jogo acaba ('Vamos parar'), Ben e Alex deixam de ser polícia e ladrão. A um dado sinal, o cenário que se apresenta enquanto periferia onde se trava o combate entre polícia e insurgentes deixa de ser enquanto periferia, voltando a ser tão somente um cenário de gesso e ruínas. Insurgentes e policiais voltam para o quartel de braços dados. Em redor, o campo sossegado, as vacas pastando, a grama verdejando.

Estamos de volta ao assim chamado mundo 'real', que oscilou pelo tempo de uma brincadeira, dando lugar a um real de outra natureza, um real dos mundos alternos e dos *qua*. Dá-se o mesmo com a arte: após o êxtase que arrebata o espectador à vista de um quadro de Rafael, o extasiado volta para casa. O assim chamado mundo 'real' retoma seu lugar e sua importância. Pelo tempo de um jogo de olhares, o espectador esteve enquanto no mundo de Rafael. O mundo que se abriu e tornou a fechar-se é o álibi dos mundos plurais que ele substitui.

Essas formas de ser *qua* possuem, sem dúvida, importância na vida cotidiana deste mundo daqui, e os álibis apresentados por arte e jogos – inclusive este que está mais próximo de oferecer uma alternativa real ao mundo real, o cibermundo – são necessários como contrapeso às 'pesadezes' do dia a dia. Nisso, esses álibis são certamente úteis à vida coletiva, o que é amplamente corroborado pelo atual desenvolvimento de uma cultura estética em todos os sentidos, e das práticas que dela decorrem. São exposições prestigiosas, concertos, danças, teatros; os eventos culturais se encadeiam num incessante balé, com o apoio dos sites da internet que assumem sua divulgação, quando não os criam integralmente. O político está presente, cuidando para que perdure esse movimento e promovendo uma espécie de obrigação cidadã à cultura, o que fornece um interessante desvio das tensões sociais que a ele incomodam.

Um relativismo ontológico

As modalidades do *qua*, porém, fazem mais do que proporcionar possíveis escapadas e retornos, inícios e términos de jogos e aculturação estético-política. Elas também renovam, a meu ver, a questão da alteridade. Quando as éticas coletivas enaltecem, sob o nome de altruísmo, a atenção ao outro e o cuidado para com ele, isso se dá na medida em que o outro é um próximo, um outro si-mesmo, um sujeito integral. A ação altruísta é transferida para um centro comum: um 'si' ampliado à humanidade inteira, da qual cada elemento se encontra provido das propriedades que são as do ser.

A situação é diferente se pensarmos em termos de contrapartes; a modalidade do enquanto já não se aplica ao outro visto enquanto um si-mesmo, mas, como vimos, aplica-se aos outros mundos e a nossas contrapartes nesses outros mundos enquanto (na medida em que) são autônomas, não são parte de nós, nem remetem, de forma alguma, ao nosso eu. Aceitar a realidade desses mundos e a realidade de nossas contrapartes é uma prática real de relatividade, um questionamento sobre nosso *ontos* tão fechado em si mesmo e uma permanente contestação do geocentrismo. Assim, pensar em si mesmo enquanto múltiplo em mundos múltiplos equivale a virar as costas ao essencialismo e praticar, segundo a expressão de Quine, um relativismo ontológico. É este o modo de acesso aos mundos plurais a que podemos então visar a partir do momento em que, agora segundo a linguagem de Lewis, assumimos a 'perda ontológica' acarretada por essa atitude.

ESCLARECIMENTO SOBRE A ESCOLHA DO TÍTULO

Existem várias maneiras de escolher um título para uma obra. A primeira consiste em já ter um título em mente quando se começa a escrever. O título funciona, então, como um *leitmotiv* persistente que não nos deixa em paz enquanto não o atendemos. Foi o caso de *Nous fréquentons les incorporels, sans le savoir le plus souvent* [Frequentamos os incorporais, no mais das vezes sem saber]. Título demasiado extenso que me foi difícil, no entanto, abandonar por um mais sóbrio (!): *Fréquenter les incorporels* [Frequentar os incorporais]. A segunda inverte o processo: escolhe-se o título quando a obra já está, senão concluída, pelo menos bem adiantada. Falamos a respeito, pedimos conselhos. Viramos e mexemos. Foi o caso para este livro.

Eu teria gostado de 'mundos paralelos', mais que de 'possíveis'. Mas 'paralelo', assim como 'paralelismo', envolve demasiadas referências diversas, esparsas, às vezes contraditórias: Spinoza chega perto com a parapsicologia, e a relatividade, com a metempsicose. Mais simplesmente, a imagem que vem à mente é a de duas linhas se encontrando no infinito, o que limita seu número e põe fim ao paralelismo. Geometria e perspectiva legítima à espreita...

Em compensação, 'mundos possíveis' tinha a vantagem de não excluir nada e abrir um amplo espectro de possibilidades de existirem possíveis. Sozinho, porém, o título *Mundos possíveis* era demasiado leibniziano, ou demasiado literário (ou as duas coisas).

Além disso, era preciso indicar que esses possíveis tinham, poderiam ter, um ponto em comum no qual já não eram mais possibilidades, e sim realidades, embora permanecessem no âmbito dos *possibilia*..., possíveis sem sê-lo, de certa forma. Possíveis 'conforme', possíveis 'enquanto'. A figura geométrica do ângulo, que une enquanto afasta, se apresentou então como tópica. Vemos segundo um ângulo, e pode haver vários ângulos de visão, mesmo que o objeto visto (um ou vários mundos) seja redondo. Ângulo, portanto. E aqui, quero dizer que devo este ângulo a Gary Victor, o autor do romance *A l'angle des rues parallèles*[1], que conheci em Montpellier, próximo de Sète.

---

1. Gary Victor, *À l'angle des rues parallèles*, La Roque d'Anthéron, Vents d'Ailleurs, 2003.